集英社オレンジ文庫

京都伏見は水神さまのいたはるところ

ゆれる想いに桃源郷の月は満ちて

相川　真

本書は書き下ろしです。

目次

【 登 場 人 物 紹 介 】

三岡《みつおか》ひろ

高校２年生。東京で暮らしていたが、京都の祖母のもとに。水神の加護があり、ひとならぬものの声が聞こえる。

清尾拓己《きよおたくみ》

大学３年生。ひろの幼馴染み。兄の代わりに家業の造り酒屋『清花蔵』を継ごうとする。

シロ

かつて京都にあった池の水神。普段は白い蛇の姿だが、雨が降る時には人の姿になれる。ひろに執着する。

水守《みずもり》はな江《え》

ひろの祖母。古くから水に関わる相談事を引き受けていた蓮見神社の宮司。

西野《にしの》　椿《つばき》

ひろの友人。古典研究部所属。あだ名は椿小町。

砂賀陶子《さがとうこ》

ひろの友人。陸上部のエース。兄は拓己の後輩の大地。

イラスト／白谷ゆう

一　野分けの後に

1

八月も半ばを過ぎた頃。京都に大型の台風が直撃した。

風がごうごうと木々を揺らし、雨が屋根を叩く音に、ひろは自分の部屋でじっと耳を澄ませていた。風は夜になってその勢いを増している。

三岡《みつおか》ひろは、去年の十月に京都の伏見《ふしみ》にある、蓮見《はすみ》神社へ越してきた。以来、この小さな神社に祖母と二人で住んでいる。

神社の敷地に立てられている二階建ての家は、昔ながらの造りをした木造の古い家だ。風が吹くたびに、ぎしぎしと音がして落ち着かない。

大粒の雨が屋根といわず窓といわずばらばらと跳ね回り、何もかもをなぎ払うような風が一陣、うなりを上げて通り抜ける。

一瞬、このまま吹き飛ばされてしまうのかもしれないと思った。

「——野分《のわ》け、というんだ」

そう教えてくれたのは、シロだった。透き通るような銀の髪を持つ青年だ。どこか冷たさをはらむ美しい顔立ち、瞳は月と同じ金色。薄い藍《あい》色の着物一枚で、裾《すそ》には蓮《はす》の花があしらってあった。

シロはひろの幼い頃からの友人だ。この土地に棲《す》むとても力の強い水神で、いつもは小さな白蛇《しろへび》の姿をしている。雨が降るとこうして人の姿でひろに会いに来るのだ。

ひろの部屋の畳《たたみ》の上に陣取ったシロは、菓子鉢《かしばち》から松風《まつかぜ》をつまんで頬《ほお》張った。焼き上げた生地の上にケシの実をまぶした素朴《そぼく》な菓子で、ひろの好物だ。

「台風のこと？」

ひろはなんとなく天井を見上げた。外では風が渦巻く音がする。

「ああ。野の草を吹き分けてしまうような、強い風のことだ。秋口によくある」

シロは人にははかれないほど、ずっと長く生きている。

こうして時々懐かしむような目をすることがあって、それがどのぐらい昔なのか、ひろには想像もつかなかった。

ひときわ強い風が吹いて、ガタン、と屋根が鳴った。瓦《かわら》が浮いたのかもしれない。ひろがびくっと肩を跳ね上げると、シロが薄く笑った。

「大丈夫だ、ひろ。おれがいる」

シロが金色の瞳をわずかに伏せて、片手を振った。それだけで何か薄い膜を一枚張ったように、雨も風も少し遠ざかったように感じた。

シロはこうしてひろを守ってくれる。『水神の加護』と祖母が呼ぶものだ。幼い頃から、遠く離れていても、シロの力はいつもひろの傍《そば》にあった。

「朝になったら抜けているだろう」

ほっとしたのが半分、少し残念なのが半分だ。

ひろは少し遠くなった嵐の音に、耳を澄ませた。風が木々にぶつかって、葉を引きちぎらんばかりに通り抜けていく。葉同士がぶつかり合うばちばちという音、雨樋《あまどい》を流れる雨が滝のように地面に注ぐ音――……。

いつも穏やかな自然が、好き勝手暴れているその様は、恐ろしいけれどどこか惹《ひ》きつけられる。

「――ひろ」

呼びかけられて、ひろははっと我に返った。

どうやらずいぶん長い間、外の音に耳を澄ませていたらしい。

ひろは自然が好きだった。気がつくといつもぼんやりと空を眺めては風に耳を澄ませている。夢中になると時間を忘れてしまうのだ。

シロは呆《あき》れた様子もなく、その金色の瞳でじいっとひろをのぞき込んでいた。満月と同じ色の瞳がひろに向けられるそのときだけ、蜂蜜《はちみつ》のようにとろりととろける。

「早く寝てしまえ。おれがいてやる」

「うん」

ひろは布団に潜り込みながらシロを見上げた。

「退屈だったら、帰っていいんだよ」

シロがどこに棲んでいるのかは、ひろは知らない。この地の底深くには、なみなみと地下水をたたえた湖が広がっているそうだ。シロが前にその話を少ししていたから、そのあたりなのかもしれない。

シロが布団からはみ出したひろの頭を、くしゃっと撫《な》でた。その指先はひやりと冷たい。

「ひろが眠るまではここにいる」

そうか、それはとても安心する。シロの気配はいつだってひろに優しい。

とろりとした安心感に包まれてうとうとし始めたひろは、ぼんやりとシロの言葉を聞いていた。

「──野分けは、時々面倒なものを運んでくるからな」

意識が眠りに吸い込まれる寸前に。

ひろは、どこか遠くで美しい歌を聞いた気がした。

台風が去って、二日ばかりした頃。

その日はからりとしたいい天気だった。京都特有のじっとりと重い湿気を、台風が持っていってくれたらしい。

ひろは竹箒《ぼうき》を持って境内《けいだい》へ出た。朝の掃除はひろの役目だ。

台風の後の蓮見神社の境内は、ひどい有様だった。吹きちぎれて飛んできた木の枝や葉を二日がかりでずいぶん掃き集めて、ようやく元の姿に戻ったとひろはほっと安堵《あんど》のため息をついた。

足元をすいっと赤いものが通り過ぎる。赤とんぼだ。

そういえば、日が落ちるのも少し早くなったような気もする。

見上げた空はまだ溺《おぼ》れそうに青い夏の空だ。けれど季節はゆっくりと秋へ向かっている。

ふと耳に届いたその声に、ひろははっと我に返った。

そうだ、今日はこれを確かめに行くんだった。ここ二日は片付けに忙殺されていて、行くことができなかったのだ。

静かに移り変わっていく季節を楽しむのもほどほどに、ひろはあわてて箒を動かし始めた。

京都の南、宇治《うじ》川北岸には、宇治川派流《はりゅう》と呼ばれる人工の細い川がある。太閤豊臣秀《たいこうとよとみひで》吉《よし》の時代に整備され、淀川《よど》を通って大阪からの物流に活躍した川だ。

蓮見神社から駆け出たところで、ひろは誰かに呼び止められた。

「どこ行くんや」

その柔らかな声に顔を上げると、拓己《たくみ》が両腕で段ボールを抱えて立っていた。

清尾《きよお》拓己はひろの幼馴染《おさななじ》みだ。はす向かいの『清花蔵《きよはなくら》』という造り酒屋の次男で、跡継ぎでもあった。

すらりと背が高く、きりりとした眉にすっと鼻筋の通った端整な顔立ちをしている。ひろの四つ年上で、今年大学三年生だった。

「派流に行くの。――歌が聞こえるから」

拓己が眉をひそめた。

「いつもの声か」

ひろはこくりとうなずいた。

ひろの持つ『水神の加護』にはもう一つ力がある。不思議なものの声を拾うのだ。それは古い樹や、井戸に住み着いた小さな蛙《かえる》、ときには池の美しい錦鯉《にしきごい》であったりした。

ずっと昔幼い頃に、水神のシロにもらった力だ。

ひろは無意識にじっと派流の方向を見つめていた。

からりとした風に、わずかに歌声が混じっている。台風の過ぎた次の日から聞こえていて、ずっと気になっていたのだ。途切れ途切れに聞こえるそれは、不思議な抑揚で妙に心惹かれるものがあった。

「すごくきれいなの。でも聞いたことのない感じだから、何が歌っているのか気になって」

拓己は少し考えて、ちょっと待っとき、と一度家の中に引っ込んだ。再び出てきたときには、段ボールはなくなっていた。

「おれも行く」

「だけど拓己くん、どこかに用事だったんじゃないの？」

「裏の寺に用事あっただけや。ちょっと遅れてもええから。——ひろ、派流に降りようとしてたやろ」

「うん」

きょとん、とひろが答えると、拓己の眉がぎゅっとひそめられた。

「阿呆《あほ》。台風は過ぎたけど、派流もまだ増水してる。絶対降りたらあかん。橋の上から見るだけや」

「あ……そうか」

歌の正体が気になって、すっかり忘れていた。拓己が深くため息をついた。

「危なっかしいわ、ほんまに」

幼い頃、ひろは京都の祖母の家に預けられることが多かった。そのときに、いつも手を引いてくれたのが幼馴染みの拓己だ。その頃から拓己は面倒見が良くて、ひろを妹のように思ってくれている。

少し心配性で優しいその幼馴染みの背を、ひろはいつだって憧れを胸に見つめているのだ。

「ありがとう、拓己くん」

「ええよ。でもほんまに気ぃつけてや」

……憧れだけのはずだ、とひろは自分に言い聞かせた。

ふと見せてくれる、拓己の柔らかい笑顔を見るたびに、自分の胸の内で何かがうずくのを、ひろはもう長い間見ないふりをしている。

宇治川派流は案の定、台風で増水して両岸のふちまで水が及んでいた。いつも穏やかな水面は、どうどうとしぶきを上げてうねっている。水の中から突き出た柳が、からりとした風に揺れていた。

ひろは橋の上からあたりを見回した。

——よくよくめでたく舞ふものは　巫《かうなぎ》小楢葉車《こならはくるま》の筒《どう》とかや……

軽やかに鈴を転がすような、女の声がする。

拓己がひろの肩をとん、と叩いた。

「聞こえるのか?」

「うん。柳の上にいるよ」

ひろはゆらゆらと揺れる柳の枝を指した。細くて頼りない柳の木に、女が一人座っている。体重を感じさせない女は、周囲で揺れる柳の枝に合わせて右へ左へゆらゆらと揺れていた。

何枚も重ねられた着物を、胸の下で細くきらきらとした帯がまとめている。そこから下は袴《はかま》のように広がっていて、ひときわ長い裾が揺れていた。

紅《べに》を差した女の唇がゆっくりとひらいた

——やちくま侏儒舞手傀儡《ひきまひてくぐつ》　花の園には蝶《てふ》小鳥……

聞いたことのない、ゆったりとしたリズムの歌だ。独特の抑揚なのに、不思議と体に馴染む。

拓己が目を細めた。

「声はわからへんけど、女は見えるな……」

拓己も神酒《みき》を仕込む造り酒屋の跡取りだ。ひろほどではないけれど、不思議なものとの付き合いも長かった。

「危ないものか？」

「わからないけど、大丈夫だと思う」

女は体を揺らして、気持ちよさそうに歌っているだけだ。

そのとき、ごう、と風が吹いた。台風の名残のような風だ。ひろの髪をなぶり、柳の木を強くしならせる。枝の先端同士がぶつかってぱちぱちと音を立てた。

女がふいに体を浮かせた。

ああ、飛ぶのかな。ひろは一瞬そう思った。

けれど女はしばらくそうして、やがて揺れる柳にまた腰掛けてしまった。空を見上げてその細い眉を少しひそめたように見える。

あの人はどこかに行きたいのかもしれない。自分を運んでくれるような風を待っている。

またゆらゆらと歌いだした彼女が、ひろには少し寂しそうに見えた。

清花蔵の前まで戻ると、拓己は足早に中に駆け込んでいった。再び段ボールを抱えて出てくる。

「ひろも暇やったら、手伝《てつど》うてほしいんやけど」

拓己にそう頼まれて、ひろはうなずいた。学校は再来週からで、夏期課題の進捗《しんちょく》にも余裕がある。

拓己が見せてくれた段ボールの中は、果物や野菜がぎっしりと詰まっていた。賀茂茄子《かもなす》と梨の間に『清花』の酒瓶《さかびん》も見える。清花蔵で仕込んでいる日本酒だ。

「今年の地蔵盆《じぞうぼん》は、うちからお供え出すんや」

地蔵盆は、子どもたちが集まる地域の夏祭りだった。地蔵の周りに祭壇を立て、お参りをした後に、お菓子を配ったり花火や盆踊りをするところもある。

拓己はひろを伴って清花蔵の裏手に回った。

清花蔵の裏手には小さな寺があった。千治《せんじ》という住職がいて、井戸にあった蛙の置物の件でひろも一度訪ねたことがある。

千治の寺から道路を渡って向かいに、小さな地蔵があった。

「あれがうちの地域のお地蔵さん。ひろが小学生のとき、こっち来てた頃から変わらへんけど、覚えてるか?」

ひろはうなずいた。

ひろは幼い頃、長期休みのたびに祖母のいる京都へ遊びに来ていた。地蔵盆にも誘われたような思い出があるが、幼いひろは人見知りも相まって、その中に交じることがちっともできなかったのだ。

「……ずっと、蓮見神社の境内にいたんだ。お地蔵様のところはすごく賑《にぎ》やかだったけど、おじいちゃんかおばあちゃんがいないと、近づけなかったの」

拓己が苦笑した。

「それで、おれが手ぇ引いたったんや」

覚えてるよ、とひろは心の中でつぶやいた。

それはいつだって、ひろの心の内に、焼きついて離れないものだ。

寺の境内には男の人が何人か集まっていた。拓己に気がついて、こちらに向かって大きく手を振っていた。

「――おう、清花蔵の坊主やないか。こっちや」

「清花蔵の跡取りか？　へえ、大きなったなあ。初めて見たときはこんなに小そうて」

わらわら男たちに囲まれて、拓己は肩をすくめた。

「やめたってください。おれもう二十歳《はたち》越えたんですよ。親父が仕事なんで、今日はおれが手伝います」

男たちはこのあたりの家から手伝いに来ているようだった。明日の地蔵盆のために、祭壇を組んだり屋台の準備をするらしい。

拓己がちらりとこちらをうかがったのに、ひろは気がついた。人見知りのひろにとって、知らない顔ぶれが並んでいる場所は気後れする。それが大人の男の人だとなおさらだ。

「ひろ、みんな気のええ人やから」

見上げると、拓己がこちらを見て笑っていた。

「うん……ありがとう、拓己くん」

もう京都に来たばかりの、拓己の背に隠れていた自分ではない。

「こんにちは。蓮見神社の三岡ひろです。拓己くんとお手伝いに来ました」

一気に言い切ると、男たちは一様にきょとんとして、やがてどっと笑った。

「蓮見さんとこの孫か。高校生やったか？　しっかりしたはるわ」

「お手伝いやなんて、適当に気ぃようやってや。おっちゃんらもビール飲みながらやから」

「あ、はいっ！」

緊張で顔が熱い。赤くなっているかもしれない。

前はこの緊張感が嫌いだった。知らない人は、大げさに言えばみんな自分の敵だと思っていたのだ。

けれど最近ひろは知った。

わたしは何かわからないものを怖がっていて、相手のことをちゃんと見ていなかっただけだ。今は少なくとも、その先に優しい人がたくさんいることを知っている。

大人たちの足元には、竹などの材木が積み上げられていた。地域で管理されている倉庫に保管されていて、毎年地蔵の周りにこれを組み上げて祭壇にするのだ。

拓己が段ボールを境内の地面に置いて、服の袖《そで》を肘《ひじ》までまくり上げた。力仕事は地域の男に任されている。

「わたしは、何を手伝えばいいの？」

「ひろはあっちのテントでお母さんらの手伝いしたって」

寺の敷地には同じように手伝いの女性たちも多く、テントの下でお供えを出したり提《ちょう》灯《ちん》を作ったりしている。

ひろがうなずいたときだった。

「――拓己くん」

消え入りそうな声で、誰かが拓己を呼んだ。

ひろと拓己が振り返った先に、少女が立っていた。

小学生ぐらいだろうか、鮮やかな黄色のワンピースに長く伸ばした髪、肩からは不釣り合いなほど大きな、斜めがけの鞄《かばん》を提げている。

少女の手を引いていた女性が、拓己に軽く手を振った。

「拓己くん、こんにちは」

「里見《さとみ》さん、お久しぶりです。奈々《なな》ちゃんもこんにちは」

じっとうつむいていた少女が、少しだけ顔を上げた。里見奈々、というのが彼女の名前だった。

「……こんにちは」

奈々の目が拓己をとらえたときだけ、ふわりと柔らかくなる。

奈々の母は、申し訳なさそうにちらりと道路に視線をやった。

そこには薄いグリーンの軽自動車が止まっている。窓から奈々によく似た少女が、じっとこちらを見ているのが見えた。

「わたし、これからあの子の習い事の付き添いなんよ」

奈々の妹で、花菜《かな》というのだと拓己が教えてくれた。人なつっこい少女なのだろう、ひろと視線が合うと、車の中からぱたぱたと嬉《うれ》しそうに手を振ってくれる。

奈々の母が小さくため息をついた。

「奈々は連れていかれへんし、でもお父さんも仕事やから、家に一人で置いとくのもなあて思て」

寺ではほかの子どもたちも何人か手伝っている。地域の大人たちがいるからと、奈々のように、親がしばらく預けていった子もいた。

「花菜ちゃん、何やったはるんですか？」

拓己がそう問うと、奈々の母は少し誇らしそうに赤い口紅を塗った唇をつり上げた。

「バレエ。先生が花菜のこと褒めてくれはるん。この子はようできはる子やて。今度発表会があるから今、忙しいんよ」

ひろは奈々から目が離せなかった。

奈々の母が妹を褒めるたび、拓己がそれに相づちを打つたびに、うつむいたままの奈々の体がどんどん縮こまっていくようだった。

グリーンの軽自動車が軽やかに去っていった後、拓己が奈々の手を引いて本部のテントに向かうのを、ひろも追いかけた。

テントの下で拓己に手招かれて、ひろは二人に近寄った。

「ひろ。おれ祭壇組まなあかんし、奈々ちゃんお願いしてもええか」

ひろはぱちりと目を瞬《またた》かせた。

「うん……」

でも、とひろはちらりと奈々を見やった。

あの子はきっと、拓己といたいのではないだろうか。

拓己に手を引かれたときに、奈々のこわばった体から力が抜けるのを見た。ぎゅっと結んでいた唇が自然にほころぶ。

「ちょっとおとなしい子やけど、ええ子やから。それに——」

拓己は、不安そうにあたりをうかがっている奈々を見やって、小さく笑った。

「おれよりひろの方が、あの子の傍に寄り添ってやれると思うんや」

頼んだ、と言い残して拓己は、大人たちに交じって行ってしまった。

拓己の言葉には含みがあるように、ひろには思えた。拓己は何か奈々のことを知っているのかもしれない。

ひろは一つ息をついて、気持ちを切り替えた。

何にしろ、これはひろが拓己に任された仕事だ。

ひろは拓己の背を目で追うのをやめて、意を決して奈々を振り返った。

「奈々ちゃん、こんにちは。わたし三岡ひろといいます。拓己くんの幼馴染みです。よろしくね」

奈々は何も言わずにうつむいた。右へ左へ視線がさまよっている。いなくなってしまった拓己を探しているようだった。

それはひろにも覚えがある。

奈々は目の前の人を、手当たり次第に怖がっているように見えた。

奈々が今信じられるのはきっと、拓己だけなのだ。

テントの下でひろが任された仕事は、提灯作りだった。

折り畳んでしまわれていた赤い提灯を広げて、破れているところがないか丁寧《ていねい》にチェックする。それを一本の電気コードに順番につないでいくのだ。

道路の向こうでは、時折男たちが歓声を上げたり、笑い合ったりしているのが聞こえる。

祭壇の準備は順調なようだった。

ひろは提灯を広げる手を止めて、ちらりと後ろを振り返った。テントの下のパイプ椅子《いす》には奈々が座っている。鞄を胸の前に抱えて、目の前の地面をじっと睨《にら》みつけていた。ひろや近所の人たちが声をかけても、唇を結んだまま首を横に振るばかりだ。

「──かわいくない子やわあ」

風に乗って小さな声が聞こえた。近所の母親たちだ。もう一つのテントの下に三、四人が集まって、奈々の方をちらちらとうかがっていた。

「里見さんも大変やねえ。妹の……花菜ちゃんやっけ。あっちは人なつっこくてかわいいのに、まあお姉ちゃんの愛想《あいそ》あらへんこと」

「それで、かまってほしいてあんなこと言うたんやろ——ほら、去年」

「あったなあ、そんなこと。里見さんも、せやから今年は顔出しづらいんとちがう?」

たぶんこの声は、奈々にも聞こえている。あわてて振り返ると、奈々が体をこわばらせているのが見えた。

広げる途中だった提灯を机の上に投げ出して、ひろは奈々に駆け寄った。奈々の両腕は、それしか縋《すが》るものがないという風に、鞄をぎゅっと抱きしめている。

それを見ていると、妙に胸がかき乱される。

何か言わなくてはいけないと、そう思ったとき。

「——お待たせ、奈々ちゃん。ひろもありがとう」

頭の上から降ってきたその声は、奈々にとっても、そしてひろにとっても救いの声に聞こえた。

「拓己くん……」

奈々が椅子からぱっと立ち上がった。

「ごめんな奈々ちゃん。おれの方は終わったし、一緒に提灯作ろか」

その前に、と拓己は悪戯《いたずら》っぽく笑って、コンビニの袋を持ち上げた。

「ジュースとアイス、買《こ》うてきたんや。一緒に食べよ」

「……うん！」

奈々の心が解《ほど》けていくのが、目に見えてわかる。

ひろはそれを見て、胸が塞ぐようなあの感覚の正体に、思い当たった。

奈々は――幼い頃のひろによく似ているのだ。

ひろの母は東京で高級アパレルブランドのバイヤーとして働いている。いつも忙しくて嵐のように働く人だ。長期休みにはひろを京都に預けて、一人東京に戻るのが常だった。

家族の形はそれぞれで、母は母なりにひろのことを大事にしてくれていると、今ではわかっている。

ひろが嫌いなのでも邪魔なのでもなく、ただ母なりに愛情と仕事を合理的に考えた結果だったのだ。

どこか置いてきぼりで寂しかった子どもの頃。ひろをすくい上げてくれたのは、四つ年上の拓己だった。面倒見のいい拓己は、ひろを本当の妹のようにかまってくれた。

「――ほら、ひろも」

拓己に呼ばれて、ひろははっと我に返った。

奈々が不安そうにひろを見上げている。この子にとってここは、居心地が悪くてたまらないはずだ。どうしていいかわからなくて、不安で怖い。

ひろにはそれがよくわかる。

だから拓己は、ひろが奈々に寄り添えるとそう言ったのだろうか。

「うん」

ひろはできるだけ笑顔で奈々の傍に寄った。

――ふいに、ぶわ、と風が吹いた。台風の名残のような強い風だ。

ふとひろの耳にその声が届いた。


――……かねの　みたけに　ある　みこ　の

聞いたことのある、不思議な抑揚だ。

幼い子どものような声に聞こえる。一人ではない。何人かの子どもの幾重《いくえ》にも重なった声が、弾むように歌っていた。

――うつ　つづみ　うちあげ　うちおろし　おもしろや　われらも　まいらばや……

あたりを見回して、ひろはその声の出所に気がついた。

奈々がぎゅっと抱えて離さない、あの鞄の中だ。

歌の合間にきゃあきゃあと笑い声が混じる。ひろにだけ聞こえるその声は、風に乗るように遠く遠く響いた。

2

京都は水の都だ。北には水神をまつる貴船《きぶね》、南には地下水が豊富な伏見、南北を鴨《かも》川が、東西を宇治川が流れるこの地には、水を扱う商売が多い。

造り酒屋、紙屋、仕出し屋、染め物屋――。

その分、水に関わるやっかい事も多いのが常だった。

――何かあれば、蓮見さんへ。

太閤、豊臣秀吉の時代から水の神様を祀《まつ》る蓮見神社は、水に関わる相談事をあちこちから引き受けている。

ひろの祖母、はな江《え》は蓮見神社の宮司だった。

京都中を駆け回るはな江は多忙な人だ。夜が遅くなるときは、ひろははす向かいの清花蔵で、夕食の相伴《しょうばん》にあずかることになっていた。

その夜清花蔵の縁側で、ひろはぼんやりと夜空を見上げていた。空はからりと晴れて、金平糖《こんぺいとう》を砕いたような星がきらきらと瞬いている。

盆を過ぎてから、うだるような暑さは落ち着いた。夕方から夜にかけては気温が下がるようになり、縁側にいてもじっとりと汗をかくこともなくなっている。

季節は風と耳からやってくるのかもしれないと、ひろは思う。耳を澄ますところころ、ちりちりと秋の虫が鳴き始めていた。

じっと目を閉じて虫の声に聞き入っていると、肩にあたたかい手が乗った。

「寝てるんかと思た」

見上げると、拓己がひろの肩に手を乗せて笑っていた。反対側の手には大きなガラスの鉢《はち》を持っている。

ひろの隣に腰を下ろした拓己は、間に鉢を置いてくれた。皮をむいて等分に切られた白桃と、大粒のぶどうが盛られている。

「地蔵盆の準備で、近所の人にお裾分けしてもらったんや」

そういえばあの場では、お裾分けや手作りのお菓子があちこち飛び交っていたと、ひろも思い出した。

ひろは礼を言って白桃に口をつけた。まだ若い実でこくりとした食感の後に、瑞々《みずみず》しい香りが口いっぱいに広がる。ぶどうは熟しきっていて、濃厚なジュースのような果汁が喉《のど》を潤《うるお》した。

「はな江さん、今日も遅うなるんやってな。うちで風呂まで入っていきて、母さんが言うてた」

「いいの？　ありがとう」

ひろはぱっと顔を上げて、それから、すぐにうつむいた。

「……おばあちゃん、また貴船なんだって」

京都中を走り回っていたはな江は、最近出かけるとなれば、京都のずっと北にある貴船だという。朝もひろが起きる頃には支度が終わっていて、挨拶《あいさつ》もそこそこに出ていってしまう。そうかと思えば、夜遅くに難しい顔をして帰ってきて、家でため息をついていることもあった。

「……春からずっとだよね。何かあったのかな」

拓己が腕を組んだ。

「貴船《きふね》と蓮見神社とは同じ神さん祀ってるから、もともとよう行ったはったけど、今年はちょっと多い気するな。去年の今頃は、はな江さんもそんな忙しくなさそうやったし」

では、やはり今年が少しおかしいのだろうか。

はな江は仕事のことを、あまりひろに話してくれない。自分よりずっと経験の豊富な祖母だから大丈夫だとは思うのだけれど、それでも妙に胸騒ぎがした。

「──貴船はこの春から、雨がひどいらしい」

「シロ」

小さな白蛇が、縁側にするりと上がり込んだ。雨の降らないときのシロの姿だ。透き通る透明なうろこは、きらきらと電灯の光を反射している。瞳は月と同じ金色だ。

拓己が眉を寄せた。

「雨て、こっちは普通やけどな。貴船だけなんか?」

「さあな。たいして興味がない」

シロはさらりとそう言って、ひろの膝《ひざ》の上に乗り上がった。なめらかなうろこは、そうっと撫でるとひやりと氷のように冷たい。

シロはそこから体を目一杯伸ばして、ガラスの鉢のぶどうを一つ丸呑《の》みにした。

「うん。うまいな。ひろは食べたか?」

シロはぶどうを口にくわえて、ひろの手のひらに落とした。

「ありがとう。食べたよ。おいしかった」

「もう一つ食べるといい」

シロの興味は、おおよそひろにしか向いていない。とろりと蜂蜜のようにとろける金色の瞳は、いつだってひろばかりをとらえている。

だから先ほどから、ひろが時折意識をそらしていたのも、気がついていたようだった。

「――あの歌か」

ひろは、わずかに目を見開いた。

「シロも聞こえるんだね」

ついさっきからだ。ひときわ強く吹いた風の中に歌が混じり始めた。

――よくよくめでたく舞ふものは……巫《かうなぎ》、小楢《こなら》……

派流にいた柳の女の声だ。今朝は派流の方から聞こえていた声は、今は風が吹くたびに遠くなったり、近づいたりするようになった。風に乗って、柳の枝から離れたのかもしれない。

ひろはそのゆったりとした不思議なリズムに、耳を澄ませた。

「派流のところに女の人がいて、その人が歌ってたの。風に乗ってどこかに行きたいみたいだった」

「この間の野分けに乗ってきたな……」

そう言いながらもシロはとことん興味がなさそうだった。

ひろは拓己を振り仰いだ。

「拓己くんは聞こえる?」

「いや、派流のときも歌はわからへんかったしなあ」

そうか、とひろは一人うなずいた。

——では奈々の傍から聞こえていたあの歌も、たぶん拓己には聞こえていない。柳の彼女の歌と、奈々から聞こえてきた歌はとてもよく似ている。

ひろはシロのうろこを撫でながら、拓己をちらりとうかがった。

「拓己くん、奈々ちゃんのことなんだけど」

ひろが、昼間奈々の傍で聞いた歌のことを話すと、拓己はぎゅっと眉を寄せた。

「あの柳の女みたいに、台風に乗ってきたんやろうか」

ひろはわからない、と少しうつむいた。

拓己がちらりとシロを見たのがわかった。シロは知ったことではないという風に、体を伸ばして白桃にかじりついている。

「白蛇がごちゃごちゃ言わへんいうことは、ひろには関係なさそうやから、手当たり次第に危ないいうことはなさそうなんか？」

「知らん」

ひろに関係がないとなると、これだ。拓己はため息をついた。

「とりあえず様子見やな。明日の地蔵盆も奈々ちゃん来ると思うんや。おれは買い出しとか手伝いもあって、ずっとは一緒にいてあげられへん。ひろに奈々ちゃんのこと頼んでもええか？」

拓己は奈々のことを何か知っている。

拓己は人の秘密を勝手に話すような人ではない。拓己が人の心にたいして、優しくて誠実な人であることは、ひろが一番よく知っている。だからその秘密は、きっと奈々の心のとても深いところに関わっているのだろうと思う。

そして、その解決の手助けをひろができるかもしれないのだ。

「わたしが、ちゃんと見てるよ」

ひろはしっかりとうなずいた。

白桃をかじり進めていたシロが、むすりとつぶやいた。

「……関わるな、ひろ。放っておけ。下手につつくとかみつかれるかもしれないぞ」

シロの金色の瞳がきらりと光る。ひろはその冷たいうろこを撫でた。シロがぐりぐりとその手に頭を擦《こす》りつけてくる。

「大丈夫だよ、何かあったらちゃんと言うから」

それに拓己の手助けをしたいばかりではない。奈々のあの小さな背中と、こちらを見つめる怯《おび》えたような視線が忘れられない。

あの子は幼い頃のひろだ。

だから、どうしたって放っておけないと思ったのだ。

シロが不満そうにそっぽを向いた。結局シロもひろのわがままを許してくれる。

「柳の女はおそらく、野分けに乗ってやってきた別の土地のものだ。その子どもから聞こえた声も同じなら、強い風が吹けばその内いなくなるかもしれん」

その後聞こえるか聞こえないかの小さな声で、シロはつぶやいた。

「――だが惜しい気もするな」

シロの尾の先がゆらゆらと揺れている。もたげた首が耳を澄ましているように見えた。

「シロの好きな歌なの?」

シロがぴくりと首を動かしてひろを見上げた。その金色の瞳が、驚いているように見える。どうやら無意識だったらしい。

シロは少しためらって、やがて教えてくれた。

「……今様歌《いまようう た》だよ。ずいぶん昔に都で流行《はや》ったんだ」

シロの言う『昔』がどれほど前なのかひろには見当もつかない。「都」というからには、ここがまだそう呼ばれていた時代のことだろうか。

「町や田畑で輪になって歌ったり、踊ったり……。都のあちこちでずいぶん流行っていた。悪くなかったぞ。宮中の気取った歌よりよほど美しかった」

今ではあまり聞かないような不思議なリズムは、そう思えば幼い頃に学校の行事で見に行った、能楽や雅楽に似ているような気もする。

けれど、それよりずっと自由でもあった。時々跳ね上がったり、速くなったり、ゆったりになったり。あまり気取った決まり事はないように思う。

その自由さは確かに心引かれるものがあった。

「うん。わたしも好き」

シロが笑った気配がした。

ひろは、シロの寂しさを埋めるものをいつも探している。

美しい細工が施された菓子、活気のある人の営み、それから夜明けに咲く蓮の花。たくさん増やしていけば、いつかその金色の瞳でずっと遠くではなくて、今このときを見てくれるかもしれない。

シロはぱたりと一度尾を振った。

「あの女も悪くないが……昔、もっと上手《うま》いやつがいたんだ。そいつの歌は力強く美しくて——おれの聞いた歌の中では、一番だったな」

遠ざかったり近づいたりする今様歌を、シロはじっと聞いていた。

その人はシロの何で、どうなったのだろうか。

その金色の瞳がまたずうっと遠くを見つめているから。とうとうひろは聞くことができなかった。


翌日、地蔵を囲うように組み上げられた祭壇の前に、地域の子どもたちが正座していた。鐘《かね》の音と共に、住職である千治の経《きよう》が始まったのが聞こえる。

ひろは寺の境内に設置されたテントの下で、拓己の手伝いをしていた。

清花蔵は地蔵盆の夏祭りで、甘酒の屋台を出すことになっていた。『清花』の麴《こうじ》で作った甘酒はとろりとコクがあるのに、爽やかな飲み心地なのだ。氷を浮かべて飲むと汗が引いて、ひろの好物でもあった。

簡易コンロにかけた甘酒の鍋をぐるぐるとかき回しながら、ひろはちらりと祭壇の方をうかがった。

子どもたちから少し離れた一番端に、奈々が身を縮めて座っている。相変わらず両腕で、鞄を抱きしめていた。妹の花菜は今日もバレエのレッスンで、昨日と同じように、奈々の母が拓己に預けに来たのだ。

奈々も奈々の母も、お互いに妙に距離がある。そういうところも自分に似ていると、ひろが小さくため息をついたとき。

「ひろ、おれも甘酒が飲みたい」

パイプ椅子に、するりとシロが伸び上がった。

「わっ！」

ひろはお玉を投げ出すと、あわててシロを両手ですくい上げた。顔を上げてあたりを見回す。大人たちは皆屋台の準備にかかりきりで、誰もこちらを見ているものはいない。ひろはほっと息をついた。

「だめだよ、シロ。見つかったらみんなびっくりするよ」

ひろにとってシロは大切な友だちだけれど、子どもがたくさん集まる場所に蛇が出たとなると、きっと大騒ぎになるだろう。

「知らん。それは『清花』の甘酒だろう。おれはそれが欲しい」

シロはしれっとそう言って、ひろの手のひらにぐりぐりと頭を擦りつけていた。

『清花』はどうやらシロたちにとって、とても魅力的な酒らしい。

清花蔵は古くは豊臣秀吉の時代から、荒ぶる水の神に供える神酒を造り続けてきた。今でも酒造工場とは別に、中庭の奥にある古い内蔵で神に捧げる本物の神酒を仕込んでいる。古くから清花蔵に力を貸してくれている杜氏《とうじ》や何人かの蔵人《くらびと》たち、それと蔵元である清尾家しか知らないことだ。

その味は、シロたちのようなものを惹きつける。

「……一杯五十円なんだからね」

ひろは自分の財布から、会計用の箱に五十円玉を入れると、とろりとした甘酒をお玉一杯分、紙コップに注いだ。それを奥まったパイプ椅子の上に置いて、シロもその傍にそっと置いてやる。

麹の甘い匂いがする。この土地に染みついている酒造りの匂いと同じだ。

「——ひろ、お経終わったし子どもらにお菓子……て……何してんのや、白蛇」

あちこち走り回っていた拓己がテントに顔を出した。紙コップに顔を突っ込んでいるシロを見て、呆れたように肩をすくめる。

「お前、よってたかって駆除されるで。お母さん方、ああ見えて強いからな」

拓己がちらりと視線をやった先には、子どもたちにお菓子を渡す近所の母親たちがいる。穏やかで優しそうな人たちばかりだが、母親というものは子どもを脅《おびや》かすものには容赦がない。

「……知らないな」

シロが一瞬びくりと震えた。ひろはくすりと笑ってその冷たいうろこを撫でた。

ひろはちゃんと気がついている。シロはたぶんひろを心配して来てくれたのだ。奈々の傍にいる歌声の主が何者なのか、まだわからないから。

子どもたちが昼食を食べに家に戻った後。一度清花蔵に帰った拓己が、寿司桶《すしおけ》を二つ重ねて境内に戻ってきた。

「うちから差し入れです」

夏祭りの準備のために境内に残っていた大人たちが、缶ビール片手に集まってくる。さらにもう一往復した拓己の手には、ぎっしりと料理の詰まった五段のお重が抱えられていた。大人たちが歓声を上げた。

「清花蔵の奥さんのやて。ありがたいわ」

「実里《みさと》さんか？　うわ、つまみやんか、ようわかったはるわ」

紙皿を片手に、大人たちがいっせいに群がった。

五段の重箱には、おせち料理のように隙間《すきま》なく料理が詰め込まれていた。

有頭海老《えび》と昆布《こんぶ》の煮染め、砂糖と醤油《しょうゆ》で甘辛く炒《いた》めた胡桃《くるみ》、からりと揚がったばかりの鶏肉《とり》の唐揚げに、一口サイズの桜海老のかき揚げ、砂糖を絡めたごまめ、ぶつ切りの秋刀魚《さんま》の佃煮《つくだに》、鰻《うなぎ》と胡瓜《きゅうり》の酢《す》の物……。

どれも少し濃いめの味付けで、酒に合うようになっている。彩《いろど》りも美しく、ひろが見入っている間に重箱の前は大渋滞になってしまった。

「ひろもこれでお昼ご飯済ましてしまいて、母さんが言うてた」

拓己がひろにも紙皿を渡してくれる。

「自分で行けるか？」

ひろが顔を上げた先の、重箱と寿司桶には、大人たちがわいわいと群がっていた。

ひろは大皿で取り分ける料理が苦手だった。

清花蔵は冬の仕込みの間、季節労働者の蔵人たちが泊まり込みで仕事をしている。大所帯になる仕込みの間は、大皿にどん、どんと盛りつける料理が基本だ。

京都に来た頃、ひろはそれに馴染めなかった。けれどそうとばかりも言っていられない。

ひろは空の紙皿と割り箸《ばし》を握りしめてうなずいた。

「行ってくる……」

すみません、となんとか割り込みながら、秋刀魚の竜田《たつた》揚げと、秋茄子《なす》の煮浸しを確保したところで、肩掛け鞄からシロが頭の先だけ突き出した。

「ひろ、おれはあれだ。あの頭のついた海老がいい」

「うわ出てきちゃだめだって」

あわてて鞄をのぞき込んだとき。

「蓮見さんとこのひろちゃんやろ」

横から声をかけられて、ひろは反射的にシロを鞄に押し込んだ。「むぎゅう」という声が聞こえたけれど、自業自得ということにしておく。

「懐かしいなあ」

「おれも覚えてるわ」

顔を真っ赤にした大人たちが、ひろの肩をばんばんと叩いた。

ひろは体を縮めたまま、おろおろと無意識に拓己を探してしまう。頑張ると決めていても、ふいに人見知りの自分が顔を出すのが、自分でも情けなかった。

「それにしたかて大きなったなあ。初めて会った頃て、まだ先生がいたはった頃やろ」

ああ、とみんながうなずいた。

先生、はひろの祖父だ。小学校の先生をしていたからそう呼ばれていた。ひろが小学五年生のときに亡くなったが、地元の人たちに慕われていたと聞いていた。

祖父のことを思い出して、ひろは少しだけ緊張がほどけた気がした。不器用でお調子者だった祖父の傍には、いつでもたくさんの人がいた。

祖父の思い出が勇気をくれた気がして、ひろは自分から話しかけた。

「あの、おじいちゃんと一緒に地蔵盆も来たことがあります。すごく暑い夏の……わたしが小学校二年生の……」

大人たちがそろって顔を見合わせた。

「——ああ、あの夏か」

誰ともなく苦笑いがこぼれる。

「あれからもう八……九年になるんか。……あれはひどい夏やった」

ひろの鞄の中で、シロがごそりと動いた気がした。

九年前のあの夏、ひろは拓己とシロに出会った。ちょうど今の時期、地蔵盆の日のことだ。幼い頃の記憶で曖昧《あいまい》だけれど——ただ、とても暑く乾いた夏だったことを覚えている。

大人たちにとって、九年前のその夏は苛烈《かれつ》な思い出のようだった。

「ひろちゃんも覚えてるんかな。空梅雨《からつゆ》の上に、夏になっても全然雨が降らへんかってな。京都の水て琵琶湖《びわこ》からもろてるやろ」

京都の生活用水は、川から引いているわずかな分をのぞけば、ほとんどは隣県である滋賀県の琵琶湖から取水している。

「でも琵琶湖も川も水が全然足りへんて、ひと夏で何回断水したんやろな……」

「給水車とか来て、結構な騒ぎんなったなあ」

大人たちの誰かが、そういえばとつぶやいた。

「清花蔵さんとこの井戸も水が上がったんやろ。ほかの酒蔵やら工場もやて聞いたで。井戸水が涸《か》れるやなんてよっぽどや」

酒造りの基本は水にある。伏見が酒所として有名なのは、地下に豊富な地下水をため込んでいるからだ。

「結局十月ぐらいまで水出ぇへん言うて、貴船までもらいに行ったて言うたはったわ」

貴船、とひろはわずかに眉をひそめた。

「貴船には水があったんですか？」

「あそこだけ、まあまあ雨降ってたらしいからなあ。川が完全に干上がらんかったんは、貴船のおかげやて。さすが水の神さんがいたはるだけあるわ」

「せやけど今年は今度、えらい雨になってるて聞いたで」

それから、大人たちの話題は思い出話に移り変わっていった。

ひろはそっとその輪から抜け出して、紙皿を持ったまま清花蔵のテントの下に戻る。さっきから、鞄の中でシロが落ち着きなく動き回っている気配がした。

紙皿を机に置いて鞄を開けた。

金色の瞳と目が合う。シロが鞄の中からじっとこちらを見つめていた。ギラギラと燃えるような光をはらんでいる。

シロのこんな目を、ひろは初めて見た。

「シロ……？」

シロは、低くうなるように、ぽつりとつぶやいた。

「──だから、貴船か」

その声音《こわね》がぞくりと不安を煽《あお》った。

シロは今小さな白蛇の姿だけれど、本当はとても恐ろしいものだとひろは知っている。人間の理《ことわり》の外側を生きるものだ。ふとした瞬間にそれを突きつけられる。

ひろは気圧《けお》されないように、ぐっと腹に力を込めた。

「シロ、貴船がどうかしたの」

「……なんでもない。いいんだ、何があっても、ひろにはおれがいるから」

シロは鞄の底に潜り込んでしまった。欲しいと言っていた海老の煮染めも放ったままだ。

九年前の涸れた夏に、雨の止まない貴船。

妙な不安だけがひろの胸をぐるぐると渦巻いていた。


清花蔵の甘酒は好評だった。綿あめや林檎飴《りんごあめ》を持った小学生たちが、五十円玉を手に次々とテントへやってくる。

拓己は、小学生たちの間でも人気だった。

男女問わず「拓己くん」「拓己お兄ちゃん」などと呼ばれて、子どもたちの「憧れの近所のお兄さん」の地位を確立していた。

ひろはその微笑《ほほえ》ましさに、思わず笑ってしまった。

「……何笑《わろ》てんのや」

「だって、拓己くん本当に、みんなのお兄ちゃんみたいだって思って」

地蔵盆に参加するのは、小学生ぐらいまでの子どもたちばかりだ。その中で「近所のお父さん」でも、友だちでもなく、「大人のお兄さん」の拓己は物珍しさもあるのだろう。

ひと段落してそろそろ休憩しようか、という頃、拓己がひろに声をかけた。

「ひろ、奈々ちゃんは？」

ひろは後ろを振り返った。

「さっきまで後ろで、甘酒を飲んでたんだけど……」

椅子の上には飲み終わった紙コップがぽつりと放置されている。ひろがあたりを見回したときだった。

「――うそとちがうもん！」

泣きそうな奈々の声が聞こえて、ひろはあわててテントを飛び出した。

テントの裏手では、小学生ぐらいの男の子と女の子が何人か、奈々の前に立っていた。うちの一人の男の子が、奈々を指さした。

「絶対うそや。だって去年もお前、うそついてた」

「……ちがうもん……わたしの友だち、ここにいるんやもん」

奈々は自分の鞄を、じっと抱え込んだままだ。その男の子は勝ち誇ったように笑って、奈々の鞄に手を伸ばした。

「そんなとこに、友だちなんかいてるわけないやん！　見せてみいや」

ひろははっと我に返って、あわてて男の子と奈々の間に入った。

「待って！」

男の子はかまわず奈々の鞄をひったくる。その弾みで、鞄の中から大きなビンが転がり落ちた。奈々が小さな悲鳴を上げた。

ビンはころころと転がって、地面の石にこつりとあたって止まった。

そのビンの中を見て、ひろは全部わかった。

歌声の正体も——奈々と拓己が隠していた、秘密のことも。

奈々は地面を見つめて、ぐっとうつむいている。たまらなくなって、ひろは奈々の傍に膝をついた。ビンに手を伸ばしてそっと抱きかかえる。

男の子たちは、そのビンを見てそれぞれに騒ぎ立てた。

「ほら、空やん！　何も入ってへん。うそついたらあかんのやで。先生に言うたるからな」

「——阿呆」

真上から声が振ってきて、ひろははっと見上げた。拓己が顔をしかめて男の子たちを見下ろしている。

普段穏やかで「優しく面倒見のいいお兄さん」の拓己に、見たことのない鋭い目でじろりと睨みつけられて、男の子たちは文字通り見上げたまま固まっていた。

「お前ら。女の子いじめて笑《わろ》て、それで楽しいて、えらいかっこ悪いなあ」

拓己の低い声はすごみがある。聞いているだけのひろも、なんだか思わずきゅっと姿勢を正してしまった。

男の子の一人が、果敢にも拓己に食ってかかった。

「……だって。里見がうそつきなんやもん。うそついたらあかんて、先生も言うたはったたし……」

拓己が座り込んでその子とじっと目を合わせた。その子がうっと息を詰めた。拓己の真剣な顔が目の前にある。目をそらすことは許されないと、わかっているみたいだった。

「もしほんまにそうでも、間違ってることをよってたかって笑て楽しんでええ、てことには絶対ならへんよな。それはほんまにかっこ悪い」

ぐう、とうつむいたその子の頭を、拓己がぽんと軽く叩いた。

「それに、かっこいい男はみんな、女の子には優しいもんや」

その子がむっとしながらも、小さくうなずいたのがひろにはわかった。こわごわ見上げていた拓己への視線に、憧れがにじんでいるのが見える。

ひろは場違いながら妙に感心していた。

……こういうのが、人たらしというのかもしれない。

子どもたちがぱたぱたと走っていった後、拓己はゆっくりと奈々に向き直った。ひろの抱えているビンと、奈々を交互に見つめる。奈々が何かをうかがうように、おそるおそる拓己を見上げた。

「……わたしうそつきやないよ。ほんまに友だちがここにいるんやもん」

ひろが返したビンを、奈々はぎゅっと胸の中に抱き込んだ。拓己は先ほどとは打って変わって、優しげな笑みを見せた。

「わかってる、奈々ちゃん――そうやろ、ひろ」

ひろはうなずいた。

ビンは確かに、子どもたちには空に見えたのだろう。けれどひろの目にはちがうものが見えている。

ゆらゆらと揺らめく錦の尾。

「――きれいな金魚だね」

奈々がぱっと顔を上げた。驚きに丸く見開かれた目が、きらきらと輝き始める。

ビンの中には小さな金魚が五匹。橙《だいだい》色、金色、朱色、茜《あかね》色、銀色の、それぞれ長い尾をゆったりと揺らめかせている。

水も入っていない空のビンの中で、くるくると楽しそうに泳ぎ回っていた。

ぶわりと風が吹く。その途端、金魚たちはいっせいに尾を揺らした。

――かねの　みたけに　ある　みこの　うつ　つづみ　うちあげ　うちおろし　てぃんとう　てぃんとう……

五匹の声が重なって、風に乗って高く響いていく。

きゃらきゃらと笑い声を挟みながら、風が止むまで金魚たちはずっと歌い続けた。

ひろは蓮見神社に奈々を招いた。案内した縁側からは神社の境内が見える。小さな鳥居と社《やしろ》、手水舎《てみずや》だけの敷地の残りは、ほとんど草花で埋め尽くされていた。

祖母が好きな萩《はぎ》は赤紫の花がこぼれるようについている。庭の隅《すみ》には、鉢に入った竜胆《りんどう》と桔梗《ききょう》が紫に色づいていた。薄がさやさやと風に揺れている。

境内の端には、小さな池があった。井戸からくみ上げられた水が流れていて、時折風が吹くと水紋がぶわりと浮かぶのだ。風の形が見えるみたいで、ひろはそれが好きだった。

奈々は緊張したように縁側に座って身を縮めていた。ひろはその隣に、氷を入れた麦茶のコップと菓子鉢を置いた。中には、うさぎの形をしたまんじゅうがいくつか入っている。菓子の季節ももう秋だった。

拓己は、奈々を挟んでひろとは反対側に腰を下ろした。

「奈々ちゃん、そのビン見せてくれへんかな」

奈々は少し迷って、抱え込んでいたビンをそっと持ち上げた。

ゆったりと泳ぐ金魚が、太陽の光にきらきらと反射している。ひろは拓己に問うた。

「拓己くんも見える？」

拓己は何度か瞬《まばた》きを繰り返して、やがてうなずいた。

「泳いでるのは見えるな。たぶんひろたちほどはっきりとはせえへんけど、きらきら光って……きれいやなあ。これ、歌ってるんか？」

拓己に声は聞こえないのだろう。ひろがうなずくと、ふうんと相づちを打った。

「これが奈々ちゃんの友だちなんやな」

「……うん」

奈々は、ほっとしたように肩から力を抜いた。それから、おずおずとひろを見上げる。

「……お姉ちゃんも、見えるん？」

ひろは、笑ってうなずいた。

「すごくきれいなお友だちだって思うよ。――奈々ちゃんも、不思議なものが見える人なんだね」

奈々の顔がこわばった。拓己がそっと奈々の肩を叩く。大丈夫だ、と安心させるように。

「ひろに言ってもええ？」

奈々はじっとうつむいてしまったけれど、拓己はそれを肯定ととらえたようだった。

「去年も地蔵盆の前に台風が来てな――」

ひろがまだ東京にいた頃だ。強い台風は京都の南北を縦断し、鴨川も宇治川も桂《かつら》川も決壊の危険があるとニュースでやっていた。母があわてて祖母に電話をかけていたのを、ひろも覚えている。

台風が去ったその週の終わりに、地蔵盆は行われた。

妹と二人で地蔵盆に参加していた奈々は、台風一過の晴れ上がった空をふと見上げた。真っ青な空に、きらりと光るものを見つけたからだ。奈々はじっと目を凝《こ》らした。

光の正体は、小さな魚たちだった。南から北へ空を泳いでいる。

奈々は目をまん丸に見開いた。台風に乗ってやってきたのだろうか。うろこが虹《にじ》色にちかちか光って、夢みたいな光景だった。奈々はそれを軽い気持ちで妹にも教えてやったのだ。

「――見て、お魚が空を飛んでる」

妹から返事も相づちも返ってこなくて、奈々が空からようやく視線を下ろしたとき。そこには、何か気味の悪いものを見ているような、妹と母の目があった。

奈々がそういう話をするのは、初めてではなかった。暗がりに何かがいる。後ろを誰かがついてくる。木が話しかけてくる……。

近所の母親たちは、奈々のことを奇妙なものを見る目で見た。

──あの子、うそついてるんやわ。

皆がそう言う中、奈々を信じてくれたのは、たった一人。清花蔵の優しいお兄ちゃんだけだった。

拓己が奈々の柔らかな髪を撫でながら、小さくため息をついた。

「おれも奈々ちゃんの事情は、去年初めて知ったんや。地蔵盆とかでもない限りあんまり一緒にいる機会もないし、見かけたら声はかけるようにしてたんやけど……」

奈々が首を緩く横に振った。

「お母さんもお父さんも、あんまりお外で遊んじゃだめって……奈々が変なこと言うから……お母さんは恥ずかしいんだって」

ぐう、とうつむいた奈々の小さな声が震えていた。

ひろの胸がぎゅっと締めつけられる。

拓己も古くからの蔵の跡取りで、不思議なものを見たり聞いたりすることができる。けれど拓己は「上手くやれる人」だ。理解を得られない人には気づかれないように、周りと上手くやっていける。

ひろはちがった。そしてたぶん奈々もちがう。

自分の力と周りとの折り合いがつかなくて、自分も周りもめちゃくちゃにしてしまう。

だから拓己は、ひろなら奈々に寄り添えると言ったのだ。

ひろは、膝の上で手のひらを握りしめた。

「……わたしも声が聞こえたり、不思議なものが見えたりするんだ」

ひろのそれは、東京の母の傍では受け入れられなかった。

人より少しぼうっとしていて、自然が好きで、雨の音や風の匂いにすぐ心を奪われてしまうひろを、周りは『変な子』だと言った。

人が多くて毎日がめまぐるしく過ぎ去っていく東京で、ひろは上手に生きていけなかった。息が詰まって死んでしまいそうで——そんなひろを守ってくれようとした『水神の加護』が、ある日ひろと母の住むマンションを水浸しにした。

母と祖母は長い話し合いをして、去年の十月、ひろは東京から京都の祖母の家へやってきたのだ。

「ここでおばあちゃんと拓己くんがいてくれて、ちょっとだけ楽になったよ」

ひろがそうだったように、奈々もきっと拓己だけが、手を伸ばして寄り添ってくれた。

それがどんなにあたたかくて希望になったか、ひろにはよくわかる。

奈々はやがて、ぽつりとこぼした。

「……うそなんかついてへんのに、うそつきて言われるのは、いやや」

わかるよ、とひろは奈々の手と自分の手を重ねた。

ひろはもう、拓己に十分もらった。だから今度はこの優しさを、誰かにあげる人になる。

奈々は自分の手に抱えられているビンと、ひろの顔を交互に見て、ためらうように言った。

「……この前の台風の日にね、この子たちを見つけたの。お庭の木に引っかかってて、動けなくなってたから」

奈々はビンを大切そうに撫でた。ふっと不安そうな顔でひろを見上げる。

「奈々のお友だちなの……おかしい？」

ひろは、首を横に振った。

「わたしにも友だちがいるよ。空飛ぶ金魚じゃないけど、小さくて真っ白な蛇なんだ」

「……蛇？」

「うん。これぐらいで」

と、ひろは手のひらを肩幅ぐらいまで広げた。

「目は金色で、お月様と同じ色をしてるんだ。すごくきれいなの。それからこれは内緒なんだけどね」

ひろは内緒話をするみたいに、奈々の耳元でこっそりささやく。

「人の言葉を話すんだよ」

奈々が目をまん丸にした。

「……本当?」

ひろはうなずいて、菓子鉢のうさぎのまんじゅうを取り上げた。真っ白な薄皮のまんじゅうに黒い耳と赤い目が二つずつ描かれている。

「その白い蛇……シロっていうんだけど。シロは、こういうかわいいお菓子がすごく好きなの。だから早く食べないと、奈々ちゃんの分とられちゃうよ」

菓子鉢から一つ奈々に握らせる。奈々ははっとしてまんじゅうを握ったまま、あたりを見回した。その様子が微笑ましくて、ひろと拓己は顔を見合わせて笑った。

それからは、奈々はまんじゅうを食べながら、友だちの話をたくさんしてくれた。

ビンの中で、どれだけ金魚が美しく舞い踊るのか。風が吹くと聞こえる金魚たちの歌は、ずっと聞いていられるほどきれいだ。時々話しかけると、反応してくれるような気がする。

代わりに、ひろもシロの話をした。

きれいな菓子が好きなこと。拓己といつもケンカすること。金色の瞳が、時々蜂蜜みたいに見えること。

奈々はくるくると表情を変えてたくさん笑ったり、驚いて歓声を上げたり、とても楽しそうに見えた。

お茶のおかわりを持ってこようと縁側から立ち上がって、ひろはふと眉を寄せた。

すっかりくつろいだ気分になったのか、奈々はビンを抱えるのをやめて、縁側にそっと置いていた。

その中で金魚が、こつ、こつとビンの壁やふたに頭をぶつけているのだ。

小さな金魚とはいえ、ビンの中に五匹は少し窮屈なのかもしれない。元はきっと、宙を自由に泳いでいたものだろうから。

「奈々ちゃん、この子たちビンの外に出たいのかもしれないよ」

ひろが何の気なしにそう言った途端、今まで笑みを見せていた奈々が、ふいに真顔になった。置いたビンをあわてて抱えこむ。

「わたしが、守ってあげへんとあかんのよ」

その声音がひどく真剣で、ひろと拓己は目を合わせた。

「奈々ちゃん、何かあったんか?」

奈々は拓己の顔を見て、きゅっと唇を結んだ。

「……怖い人がこの子らを食べに来るから。奈々が守ってあげるん」

奈々がビンを抱き込むその力は、幼いながらも決意に満ちていた。

「――強い風が吹くと、女の人が来るから」

少し前の夜、奈々はふいに目を覚ました。風に乗って声が聞こえてきたからだ。

――よくよくめでたく舞ふものは　巫《かうなぎ》小楢葉《こならは》車《くるま》の筒《どう》とかや……

ころころと鈴を転がすような女の声だ。

奈々にとって、不思議なものが聞こえるのはこれが初めてではない。怖いけれどもう慣れた。知らないふりをしていれば、その内通り過ぎる。

そう思って布団にくるまっていると、奈々は恐ろしいことに気がついた。

声は奈々の家の周りを、ぐるぐると回っているのだ。

背筋がざわりと粟《あわ》立った。

――お返し。それはわたしの……

姿が見えないのに、わかってしまったからだ。今のは、奈々に向けられた言葉だ。奈々はとっさに布団の中から手を伸ばして、金魚のビンを引きずり込んだ。

暗い布団の中で、ぼう、と金魚たちが淡く光る。

奈々の友だちは、こつこつとビンの壁をつつきながら、あの女の声に怯えているように見えた。

あの女はこの子たちを追いかけてきたんだ。この宝石みたいな友だちを食べてしまうつもりなのかもしれない。

風が吹いて、女はするりとどこかへ行ってしまった。以来、女は奈々のもとへ現れるようになった。

「……夜に風が吹いたら絶対に来るの。……外に出したらこの子たち、食べられちゃう」

だから、と奈々は縁側に置いたビンを、縋るように抱きしめた。

「……奈々が守るんよ。この子たちだけが、奈々の友だちなんや。ずっと一緒にいてくれるんやもん」

奈々の言葉に反応したかのように、強い風が吹いた。

蓮見神社の木々を揺らして、不気味に葉がざわめく。寺の方であわてたような声がする。地蔵盆で使っていた提灯か何かが、飛んでいったのかもしれない。

最近、思い出したかのように突然強い風が吹くことが増えた。

ひろは、ざわりと不安が胸にわだかまるのを感じた。

地蔵盆の締めくくりは、寺の境内での花火大会だった。大人たちが手持ちの花火を、子どもたちに配っている。

浴衣を着た子どもたちが、思い思いの場所に集まって花火を楽しんでいた。子どもたちの手に握られた小さな花火から、鮮やかな火花が噴き出した。


ひろが境内の隅で拓己を待っていると、鞄の中からシロがするりと這《は》い出してきた。暗いのをいいことに、ひろの肩まで上がってくる。周りをぐるりと見回した。

「空に上がるのは見たことがあるが、小さいのも美しいものだな」

「——白蛇。焼き蛇になりたいんやなかったら、気ぃつけや」

後ろから拓己が、花火の束とろうそく、ライターを持ってやってきた。ろうそくの底をライターであぶってとかして、大きな石に立ててくれる。そこに火を灯《とも》した。

「何本かもろてきた」

拓己がひろの手に何本か花火をわけてくれる。

「ひろ、おれも何かやりたい」

「え、大丈夫？　拓己くんじゃないけど、焼けたりしない？」

シロはむっと口をとがらせた。

「心配いらない。おれは器用だからな！」

拓己が隣で肩をすくめて、線香花火の束をひろによこしてくれた。

「これやったら白蛇でも大丈夫やろ。白蛇、ひろの肩に乗ったまま絶対するな。ちゃんと降りてやれ。風下でやれよ、ひろに煙が行くから」

「わかっている。口うるさいぞ跡取り」

シロの金色の瞳が心なしかきらきらと輝いている気がする。周りの花火をせわしなく見つめながら、いそいそとひろの肩を降りて風下の大きな石の上に陣取った。

「ひろ」

期待のこもった目で見上げられて、ひろは微笑んだ。

シロは細工の施された美しい菓子が好きだ。たぶんそれは、人の手で作り出された美しいものが好きなのだろうと、最近ひろは気がついた。

結局この神様は、人の生み出すものが好きなのだ。

ひろは拓己にもらった束から、線香花火を一本シロに渡した。器用に口でくわえて体を伸ばすと、ろうそくから火をつける。

ぱち、と最初の火花が散って、シロがびくりと体を震わせた。

ぱし、ぱしと橙色の火花が散る。

それは丁寧に編み上げられた美しいレースのようだ。

鮮やかな光のレースは、やがて菊花に移り変わり、艶《あで》やかにその身を咲かせた後、橙色のとろけた玉を結んだ。

シロの金色の瞳も、同じようにまん丸に見開かれていた。

ぱち、ぱち、と橙色の玉から炎の花が咲いて。

――やがて力尽きたようにぱたり、と火球が落ちた。

シロは、しばらくそれをじっと見つめていた。

「もう一つする？」

ひろがそう問うと、シロは黙って首を横に振った。石からひろの手を伝って、肩に乗り上がる。

「どうしたの、シロ」

「いや……」

シロはひろの首筋あたりに、ぐりぐりと小さな頭を擦りつけた。くすぐったくて、ひろは笑いながらシロの体を両手ですくい上げた。シロの顔がそっぽを向いて、その金色がせわしなく揺れている。

ひろはきゅうと目を細めた。シロの妙な態度に心当たりがあったからだ。

「──線香花火は、ちょっと寂しい気持ちになるよね」

「……そういうものか」

シロは自分でも驚いているようだった。地面に落ちてもう黒い小さな塊《かたまり》になった、線香花火の残滓《ざんし》を見つめている。

「……人が作るものは、何でもそうだな。……妙に心を揺さぶる」

ごそごそとひろの鞄の中に戻ると、頭の先だけを突き出す。どこか拗《す》ねたようにむすりとつぶやいた。

「あれはとても美しい。だがおれは……苦手だ」

それきり、シロはひろの鞄の底に潜り込んでしまったようだった。

傍でそれを聞いていた拓己は、啞然《あぜん》とした。

あの白蛇がずいぶん人間らしくなったものだ。ひろ以外の何にも興味がなくて、神様然としていた頃とは大違いだ。

それがひろにとっていいことなのか、拓己にはわからない。けれど間違いなく、変えたのはひろだ。

そのひろはもう一つ線香花火に火を灯しながら、ふうと息をついた。

「奈々ちゃん、帰っちゃったね」

「ああ」

奈々は花火が始まる前に、バレエの付き添いが終わった母が迎えに来た。

奈々の手を引いて足早に帰っていくのを見ると、なるほど、あまり奈々を誰かと一緒に遊ばせたくないのだろうということが、よくわかった。

――去年の地蔵盆のとき、寺の裏手で膝を抱えてうずくまっている奈々を、拓己が見つけた。後から、奈々が奇妙なことを言っていたのだと周りから聞いた。

ああ、あれかと拓己は空を見上げてそう思った。台風だったから、どこかから飛んできたのだろう。

――拓己にも、空を泳ぐ魚がうっすらと見えていた。

神酒を扱う家系に生まれて、そういうものと生きてきた。杜氏も蔵人も父も、たぶんそうだ。清花蔵は不可思議なものと共にある。

それが他と相容《あいい》れないということも知っている。

拓己は上手くやってきた。

拓己の周囲にはそういうものを飲み込んで生きていた人も多かったが、それはそうではない人間に理解を求めるのは、難しいとわかっていたからだ。

膝を抱えてうつむいている奈々を見つけたとき、拓己は子どもの頃に出会った少女を思い出した。はす向かいの神社の子だ。その子もよく何もないところを見つめていて、すぐに自分の世界に引っ込んでしまう子だった。

もしかしたら、その子にも何かが見えたり、聞こえたりしていたのかもしれない。だとしたらその子──ひろも、奈々もあまりに生きづらい。

「──奈々ちゃんの言ってること、本当なのかな」

ひろがそうつぶやいたのが聞こえて、拓己ははっと我に返った。

「……金魚を食う女か。話聞いてると、あの派流の柳の女やろな」

だけど、とひろは不安そうに、火球の落ちた線香花火の先を見つめていた。

「あの女の人は、金魚とか食べちゃうようには見えなかったよ。少し寂しそうだった」

ああ、また心を寄せている。と、拓己は内心ため息をついた。ひろは昔から、人とそうでないものの境目がずっと曖昧だ。

それが拓己には不安でたまらない。人の理と全くちがう、悪意のない恐ろしさがそこにはあるから。ふと目を離した隙に、この子は引きずり込まれて連れていかれてしまう。

「……柳の女の人は、ただ金魚を探してるだけなんじゃないかって思う。だけどどうして奈々ちゃんは……」

ろうそくの光が揺らめいて、周りからここだけをくるりと切り取ってしまったみたいだ。

ひろは今、奈々のことを考えながら、幼かった頃の自分とも向き合っている。そしてそれを超えて、また一つ強くなるだろう。

手のかかる幼馴染みだった彼女は、この十カ月あまりでずいぶん大人びた。

ろうそくに照らされる横顔をじっと見つめて――ふいに、拓己はすとんと腑《ふ》に落ちた。

――何が兄だ。おれは結局この子が……。

その瞬間に、拓己ははじかれるように立ち上がった。花火の束をひろに押しつける。

「拓己くん?」

不思議そうな顔でこちらを見上げるひろから、目をそらした。

「おれ、後片付けあるから、手伝ってくるわ」

「わたしも行くよ」

立ち上がりかけたひろを制する。

「ええよ。花火まだあるやろ。ありがとうな」

拓己は半ば強引にひろに背を向けた。

わかったよ、認めてもいい。

もうこの子は近所に住む幼馴染みでも、妹のように頼りない存在でもない。

けれど――それは絶対に知られてはいけないことだ。

シロは花火の後、いつの間にか鞄からいなくなっていた。一緒に帰って、とっておいた落雁《らくがん》でも食べようと思ったのに。

最近祖母の帰りが遅い。今日も日をまたぐかもしれないと言っていた。一人で家に戻るのも寂しくて、ひろは少しだけ派流に寄り道することにした。

柳の木にあの女の人がいたら、金魚のことが聞けるかもしれないと思ったのだ。

夜になって、風はますます勢いを増している。

どうどうと空気ごとかき混ぜてしまうような強い風が、ひろのカーディガンの裾を揺らした。からからとどこかで空き缶が転がる音がする。それから、木の葉がすれる音。

派流のすぐ傍で耳を澄ませてみたけれど、女の歌声は聞こえなかった。

宇治川派流では、細い柳の木が風に吹かれて強くしなっていた。

枝に座っていた女は見当たらない。風に乗ってどこかへ行ってしまったのだ。

――ふう、と、ひろの耳が小さな吐息を拾い上げた。

びくりと体をこわばらせる。後ろに、何かいる。

おそるおそる振り返って、ひろは息をのんだ。今まで誰もいなかったそこに、女が立っていた。

身長はひろと同じぐらい、歳《とし》は少し上かもしれない。細かな星を散りばめたような、銀糸の織り込まれた振り袖、清流を思わせる白銀の長い髪が、強い風に靡《なび》いている。

女が顔を上げた。

氷を薄く削ったような冷たい瞳が、こちらを見つめている。

瞳の色は月と同じ金色——冷たくほかに一切の興味を示さない、シロによく似た硬質の金色だった。

一目で人間ではないものだとわかった。

女はその金色の瞳で、じっとひろを見つめた。

「何用だ。答えろ」

氷と氷がグラスの中で触れ合うような、高く美しい声だ。

逆らってはいけない気がした。

「……この柳の木にいた、女の人を探しています」

ひろは、自分の声が震えていることに気がついた。

銀色の髪の女は、髪と同じ色の睫《まつげ》をふるりと震わせた。笑ったのかもしれなかった。

「その女ならもういない。珍しい歌に呼ばれて来てみれば、女がさめざめとわたしの前で嘆くものだから、哀れになった」

「……知ってるんですか……あの柳の女の人のこと」

女が伏せていた睫をつい、と持ち上げる。雲間から月が出たように、その金色に射貫かれてひろは息を詰めた。

「近々貴船で婚礼がある。あの女は南から、それを言祝《ことほ》ぎにやってきたそうだ」

女はどこか誇らしげだった。

「だが途中でつれてきた供を失い、探している内に風も尽きた。風がなければ満足に動けもしない、供がいなければ舞うこともできぬと嘆くから、わたしが野分けを都合してやったよ」

銀色の髪の女が振り袖の袖をつい、と軽く振った。袖からわずかに見えている真っ白な指先が暗闇《くらやみ》の中で妙になまめかしく踊る。

その途端、ぶわりと風が吹いた。

「わ……っ」

柳の枝先が踊り、派流の水面がざわざわと泡立つ。ひろは片手で髪を押さえながら、思わずたたらを踏んだ。

ひろは風に負けないように、思い切り叫んだ。この人が風を呼んだのなら、柳の女の行方も知っているかもしれない。

「女の人がどこに行ったか、知りませんか!?」

柳の女の『供』は、たぶん奈々のビンの中にいた、空を泳ぐ金魚だ。

荒れくるう風の中で女が薄く笑った。

「己の供を奪ったもののところだろう。ずいぶんと怒っている」

風が強くて、目を開けていられない。吹き飛ばされてきた木の葉や小さな砂の粒が、ぱしぱしと頬をはじいていった。

「あの……あなた、は」

口を開けた途端、どっと風が入り込んできてひろは咳《せ》き込んだ。

教えてくれると期待はしていなかったが、うなる嵐の中でひろはその答えを聞いた。

「──花薄《はなすすき》。わたしの名だ」

その女の声はどこか誇らしげで、大切なものを愛《め》でるとろりととろける蜂蜜のような声だ。こういうところもシロにそっくりだ。

一瞬の嵐の後。ひろはたった一人、ぽつりと派流に取り残されていた。

3

次の日、ひろが起きたときには、すでに祖母は出かけてしまった後だった。冷蔵庫には焼き鮭《じゃけ》の朝食が、コンロには南瓜《かぼちゃ》の味噌汁《みそしる》の鍋が乗っている。

机の上に菓子鉢を見つけて、ひろは目を瞬かせた。

『――朝ご飯、一緒に食べられなくて、ごめんなさい。はな江』

菓子鉢には赤紫の花がついた萩の枝と、前と同じ、うさぎの形のまんじゅうが三つ入っている。一つの季節に、同じ菓子を買い置くのもはな江らしくない。

しん、と静まった台所で、ひろはぽつりとつぶやいた。

「……家みたい」

東京のマンションのことだ。

ひろの父はアメリカで仕事をしている。東京の広いマンションは、ほとんど母とひろの二人暮らしだった。母はいつもパソコンに向かっていて、その背中ばかりを覚えている。

あのマンションは広くて寂しかった。

なんだかあまり味のしない朝食を食べ終わった頃、拓己が訪ねてきた。玄関に迎えに出たひろは瞠目《どうもく》した。拓己の後ろから、おずおずと顔を出したのは奈々だった。

「ひろ、話聞いたってくれへんかな」

奈々は少し不満そうに拓己に顔を向けた。その両腕は、金魚の踊るビンを抱えている。

「……拓己くん、奈々は大丈夫だよ」

「おれは、大丈夫やないと思うよ、奈々ちゃん」

奈々の手が小さく震えていた。目は腫《は》れぼったくなっていて、鼻も赤いからずいぶん泣いたのかもしれなかった。

縁側に案内すると、拓己が安心させるように、奈々の肩を叩いた。

「今朝、奈々ちゃんのお母さんが、うちに来はってな」

泣きじゃくる奈々が一緒だった。奈々の腕にはビンが抱えられていて、何を聞いても要領を得ない。母は困ったようにため息をついた。

奈々が夜中にいきなり飛び起きて、それからずっとこうなのだという。

「地蔵盆の間、奈々ちゃんがおれやひろと一緒にいてたから、何か知ってるんやないかと思って来てくれはったんや」

奈々はうつむいて、じっと黙ったままだった。

「それでさっき奈々ちゃん、おれにこっそり教えてくれたんやんな。……女の人が、今日は家に入ってきた、て」

　奈々の肩がびくっと跳ねた。よほど怖かったのだろう。じわりと目に涙がにじんでいる。

ひろは奈々を励ましている拓己に、昨日の女のことを伝えた。花薄と名乗る女が、ひろに教えてくれたことだ。

　柳の女は、南から来た別の土地のものだ。はぐれた供を探して、風に乗ってこのあたりをさまよっている。

　拓己が一瞬、眉をひそめた気がした。

「ひろ、それ……」

「うん？」

「いや……後でええ。ともかく、ここ最近の風はその花薄いう女の仕業かもしれへんいうことやな。それで柳の女は風に乗って……お供を探してる」

　ひろは縁側から庭に降りると、奈々と視線を合わせた。

「奈々ちゃん。その女の人は奈々ちゃんのお友だちの、金魚を探してるんだと思う。それはたぶん、食べちゃうためじゃない」

　金魚はこつこつと、ガラスビンを内側からつついている。それはたぶん怯えているのでもなんでもなくて、ただ外に出たいだけなのだ。

ひろは奈々の目をしっかりと見つめた。

「……奈々ちゃんも、本当はわかってたんだよね」

奈々がぎゅうと目を瞑《つむ》った。体全部でビンに覆《おお》い被さって首を振る。

ふいに声が聞こえた。

——よくよくめでたく舞ふものは　巫《かうなぎ》小楢葉《こならは》車《くるま》の筒《どう》とかや　やちくま侏儒《ひき》舞手《まいて》傀儡《くぐつ》
花の園には蝶《てふ》小鳥……

ざわりと風が木を揺らす。歌がゆっくりと近づいてきているのがわかった。

「うわ、おれも聞こえる……」

拓己が腰を浮かせて縁側から庭へ降りた。

髪が吹きちぎられそうなほどの強い風に、眉をひそめている。

「歌が大きくて強くなってる。花薄は、あの女の人が怒ってたって言ってた……！」

庭の木がぐう、と風でしなった。祖母の好きな萩の花や、咲いたばかりの秋の撫子《なでしこ》がちぎれて空に舞い上がる。

それを目で追って、ひろは息をのんだ。

裸足の足が風の中を泳ぐように揺れていた。

女がゆっくりと空から舞い降りてくる。裾の長い袴を、細い帯でとめている。足先までがひらひらと柔らかな布で覆われていた。

それは金魚の尾に、とてもよく似ていた。

袴が風に吹かれてゆらゆらと揺れる。それに合わせるように、ビンの中からこつ、こつと音が聞こえた。

奈々が、引きつったような悲鳴を上げた。ひろは風に負けないように、奈々に叫んだ。

「奈々ちゃん、あのお姉さんが、お友だちを返してほしがってる」

奈々はそれでも、ビンを抱え込んで放さなかった。風はどんどん強くなる。手水舎のひしゃくが、からからと音を立てて吹き飛んだ。

「ひろ！」

拓己がひろの腕をつかんで縁側に上がらせた。肩を押さえてしゃがませる。自分は庭に降りて、その大きな背で奈々とひろの前に立ってくれていた。

奈々は思い切り首を横に振った。

「いやや。だって！」

だってそうしたら……奈々は一人になってしまう。また友だちがいなくなる。

「……いや」

奈々が小さな体でせいいっぱいビンを抱え込んでいるのを見て、ひろは胸がぎゅっと締めつけられた。

人は寂しいときに、自分に優しいものを独り占めしたくなる。

シロも……そうしてひろもそうだ。

目の前の大きな背中が、ひろを守ってくれている。ひろだって自分に優しいものを、独り占めしたくてたまらない。

「奈々ちゃんは一人にならないよ」

ひろは、奈々の小さな手を、ぎゅっとつかんだ。

「──わたしと友だちになろう、奈々ちゃん」

奈々はまん丸に目を見開いた。

ひろは奈々の緩んだ手から、ビンを抜き取ってふたを開けた。

宝石のような金魚たちが、ぶわりと舞い上がる。風に吹かれて一度高い空まで駆け上がって──やがて、女の傍に舞い戻った。

柳の女の顔が、ふわりとほころんだのがわかった。手のひらに一匹ずつすくい上げて、くすくすと笑いながら頬ずりをする。

暴力的だった風は、穏やかに収まった。

奈々が、庭に転がった空のビンとその光景を交互に見つめて唇を結んだのが、ひろにはわかった。

やがてひときわ強い風が吹いた。

柳の女は五匹の金魚をつれて空に舞い上がった。袴の裾を靡かせて、宙で一度くるりと回る。

鈴を転がすような声で歌い始めた。

——金の御獄《みたけ》にある巫女《みこ》の　打つ鼓《つづみ》　打ち上げ打ち下ろしおもしろや　われらも参らばや　ていんとうとうとも響きなれ　響きなれ　打つ鼓　いかに打てばか　この音の絶えざらるらむ

小さな子どもの声は、金魚の声だ。五色の尾をひらひらと風に遊ばせながら、「ていんとうとう」と声を合わせて、きゃらきゃらと笑っているようだった。

「……きれい」

空を見上げて、奈々がぽつりとつぶやいた。

ビンの中で歌っているよりずっとのびのびとして、きれいで楽しそうに見える。

「これから北に行って、結婚式のお祝いで歌うんだって。きっと神様の結婚式だね」

奈々は空のビンを抱きしめながら、泣きそうな顔で笑った。


風はうそのように静かになった。

それからしばらくして、拓己は奈々の母に連絡を入れた。迎えに来た奈々の母に拓己が、怖い夢を見て少し驚いていた様子だったと伝えているのを、ひろと奈々は手をつないで聞いていた。

奈々の母の顔はひろの母とよく似ていた。目はずっと雄弁で、自分の子どもを持て余してしきりに不安がっているように見えた。

言葉をつくしてもわかってもらえないことだってある。

奈々も自分も、これからきっとこういうことを、たくさん経験していくのかもしれない。ひろが思うのと同じように、奈々もそう感じているのだろうか。

つないだ奈々の手にぎゅっと力がこもるから。ひろも同じだけの力で、その小さな手を握り返した。

その夜、清花蔵の縁側に足を投げ出して、ひろはふうとため息をついた。

奈々は大丈夫だろうか。何か力になれただろうか。そればかりが、ぐるぐると頭の中を回る。

「――ひろ」

いつもの優しい声が、自分を呼んでくれる。この声の先には必ず彼がいる。そう思うと少しほっとした。

「考え事は終わったか？」

拓己がひろの隣に腰掛けた。盆を後ろに置いてじっと顔をのぞき込んでくる。

「そんなに考え込んでた？」

「晩ご飯の間はずっとやな。一言も話さへんから、母さんも父さんも心配しとった」

ひろははっと我に返って謝った。食事の味も覚えていない。それは作ってくれた実里に、とても失礼なことだった。

「奈々ちゃんのことやろ」

「……きっとこれから大変だと思うから……」

奈々の周囲は劇的に変わらない。彼女自身が上手くやる術《すべ》を覚えていくしかないのだ。

それはひろに突きつけられたものと同じだった。

拓己がふ、と笑った。

ひろも奈々もすくい上げてくれる、あたたかで大きな手がとん、とひろの背を叩いてくれた。

「新しい友だちができたんやし、大丈夫や。時々、一緒に遊びに行こうな」

ひろは小さくうなずいた。

拓己がひろとの間に盆を置いた。大きなガラスの器の中に入っているものを見て、ひろはぱっと顔を輝かせた。

「実里さんのあんみつだ」

器の中いっぱいに、白玉あんみつが入っている。拓己の母、実里の手作りでこの夏何度か、ひろも相伴にあずかった。

普通のあんみつと少しちがって、豆腐の白玉なのだ。それから、ほろほろに煮た小豆《あずき》とつるりと透明な寒天《かんてん》、シロップにつけた甘い杏《あんず》が添えられている。あっさりとした豆腐の白玉と口の中で崩れる小豆がおいしくて、初めて実里が作ってくれたとき、ひろはいっぺんにこのあんみつが好物になった。

拓己が小さな器に、木の匙《さじ》であんみつを入れてくれた。ミントの葉が用意されていて、それを上に散らしてくれる。黒蜜は自分で好きなだけかけてもいいことになっていた。

甘酸っぱい杏とふかふかの白玉を交互に楽しんでいると、拓己がひろの方を向いた。

「あ、そうやひろ。花薄いう女に会った言うてたときや」

そういえば、あのとき拓己は何か言いかけていなかっただろうか。うなずいて拓己を見て、ひろはうっと声を詰まらせた。

これは拓己が怒っているときの顔だ。端整な顔立ちに怒りの表情が乗ると、妙な迫力があって、そらおそろしい。

「夜に一人で派流に降りたやろ」

「でも、派流の増水はもう大丈夫だったよ……？」

「夜に、一人で、危ないかどうかもわからへんものに会いに行ったな？　声かけろて言うたやろ？」

再び繰り返されて、ひろはぎゅっと唇を結んだ。おずおずと拓己を見上げる。

「……ごめんなさい」

ひろはしゅん、と肩を落とした。

拓己はため息交じりに、ひろにあんみつのおかわりをついでくれた。

「せめて一言、言うてからにしてくれ」

「うん。でも、大丈夫だと思ったの。柳の女の人は危なくないって思ってたし……花薄に会ったのは偶然だったから」

ぱしゃりと、どこかで水が跳ねる音がした。

ひろと拓己が同時に顔を上げる。そこには縁側に白くわだかまるシロがいた。どこから現れるのかわからないのは、いつものことだ。

「シロ、来たんだ。今日は実里さんのあんみつがあるんだよ」

ひろは一度器を置いて、シロを手のひらの上にすくい上げた。シロもこのあんみつがお気に入りなのだ。

「――ひろ、そいつに会ったのか」

シロの金色の瞳がぎらりと光った気がした。今の話を聞いていたのだろうか。そういえば、花薄の瞳も髪も、シロによく似ていたと思い出した。

「うん。ちょっと怖い人だったけど、でも柳の女の人を空に上げてくれた風は、たぶん花薄さんが呼んでくれたんじゃないかな」

指先一つで、台風のように強い風を呼べる人だった。

シロの分のあんみつを用意していた拓己が、わずかに眉をひそめた。

「知り合いか、白蛇」

シロはそれには答えずに、ひろの手のひらからするりと鎌首《かまくび》をもたげた。

金色の瞳が剣呑《けんのん》にきらめいている。

「いいか、ひろ。次にその女に会ったら、すぐにおれを呼べ」

シロが赤い舌をちらりと見せた。

シロは花薄と仲が悪いのだろうか。知り合いであることは確かなようだけれど、今は話すつもりがないらしい。

仕方なくひろが黙ってうなずくと、シロはとろける蜂蜜のような瞳をして言った。

「大丈夫だ……おれは、ひろが呼べばどこにでもいる」

どう、と強い風が吹いた。

雲が動いて、煌々《こうこう》と輝いていた満月が覆い隠されていく。

何かが大きくうなっているような、不気味な夜の嵐だ。ひろは言い知れない不安を覚えて、手のひらでぎゅう、とシロを抱きしめた。

二
月見うさぎの探しもの

1

九月に入ると、祖母はますます家を空けるようになった。以前は週に二、三日だった清《きよ》花蔵《はなくら》での夕食は、今はほぼ毎日世話になっている状態だ。

ひろは小皿や醤油《しょうゆ》のボトルを抱えて、台所から食事の間に戻った。縁側に続く障子《しょうじ》はわけあって閉め切られている。

まだ六時だというのに、障子の向こうはずいぶん暗くなっている。昼間は汗ばむほどの暑さだけれど、夕方から夜にかけてはもうすっかり秋の気配だ。

ひろは障子を少しだけ開けた。途端に、ぶわりと炭の匂いが吹き込んでくる。

「ひろ、臭いつくから早《は》よ閉めて」

庭では拓己《たくみ》が小さな七輪に炭を入れて、ぱたぱたとうちわで扇《あお》いでいた。顔の輪郭《りんかく》が炭火の橙《だいだい》色にぼんやりと照らされている。火の傍《そば》はずいぶん熱いのだろう、額《ひたい》にじんわりと汗がにじんでいた。

縁側には大きな皿が置いてあって、下ごしらえの済んだ秋刀魚《さんま》がまるごと乗っていた。今日の夕食のメインだ。

縁側から降りようとしたひろの視界の端を、ちらっと白色がかすめた。

「わっ！」

シロが縁側にくるりと丸まっていた。実里《みさと》も拓己の父の正《ただし》も、今日は地域の会合で遅くなる予定だ。こちらに顔を出さないとわかっているからだろう。気持ちよさそうに眠り込んでいる。

「シロ、そんなところで丸まってると、踏んじゃうからね」

横から、拓己の冗談交じりの声が飛んでくる。

「かまへん、ぺしゃんこにしたったらええんや」

シロがぴくりと反応した。

「……跡取りの声が聞こえた。非常に不愉快だ」

金色の瞳をきらめかせながら、シロがゆっくりとひろに向かって鎌首《かまくび》をもたげた。差し出したひろの腕をするりと這《は》い上がると、そのままパーカーのフードに落ち着く。

パーカーやコートのフードの中は、シロのお気に入りだ。そこからひろの肩に伸び上がった。

「今日は何だ。炭の焼ける匂いがするな」

「秋刀魚だって」

拓己がひろの持ってきた調味料を、あれこれひっくりかえしながら顔を上げた。

「ひろ、火ぃ見といて。おれ塩取ってくるわ」

「お塩持ってきたよ?」

「普通のやなくて岩塩がええんよ。ちょっと粗めに砕いたやつがうまい。あと大根おろしと、上に飾る菊やな」

部屋の中に駆け込んでいった拓己の背を視線で追って、シロがぽつりとつぶやいた。

「……あいつ、ああいうところ妙に凝《こ》るよな」

「実里さんの影響なのかな……」

ひろは七輪の傍にしゃがんだ。うちわでぱたぱたと扇ぐと、ぼんやりと赤かった炭が、かあと白く熱を持つ。噴き上がる熱でちりちりと額をあぶられて、汗がにじんだ。

ふいに、ぶわ、と風が吹いて七輪の炭が白くはぜた。

あわててくしゃくしゃになった髪を押さえながら、ひろは空を見上げた。

「相変わらず風が強いね……」

夏から台風でもないのに強い風が吹くようになった。祖母が通い詰めている貴船《きぶね》では、天気予報にもない雨が降り続いているらしい。

決定的なことは何も起こっていない。けれど小さな不安や予兆《よちょう》が降り積もっていくようで、なんだか落ち着かない気分だった。

ひろはぱたぱたとうちわを動かしながら、肩の上のシロにちらりと目をやった。シロはじっと押し黙ったまま、風の吹き去った方を見つめている。花薄《はなすすき》という女の話をしてから、シロは時折、ずっと遠くを見るような目をするのだ。

拓己が戻ってきて、粗塩を振った秋刀魚を網の上に乗せた。煙が舞って、しゅわ、と皮がはぜる音と、香ばしい匂いが庭中に広がる。

「火ぃ起こすときは気合い入れなあかんけど、魚乗せたらあんまり扇ぎすぎたらあかん。遠火ぐらいがちょうどええから」

うちわが空を叩く音と、ぱちぱちと秋刀魚が焼ける音だけが、外灯に照らされた清花蔵の庭に響く。

時間がゆっくり流れているような気がして、こういうひと時がひろは好きだ。

「もうすぐ、こんなにのんびり秋刀魚焼いたりできなくなるね」

「蔵人《くらびと》さんらが帰ってきはるからな」

拓己の口調に苦笑がにじんだ。

寒造りを主とする清花蔵のような造り酒屋は、これからが本番だった。賑やかな仕込みの季節がやってくる。

十月になると季節労働の杜氏《とうじ》や蔵人たちが蔵に戻ってくる。そこから四月の終わり頃まで、清花蔵に住み込みで酒造りを進めるのだ。

清尾《きよお》家の家族三人と、時折訪れるひろだけの穏やかな食卓から、十人以上が入れ替わり立ち替わりなだれ込む賑やかな戦場に様変わりする。

「一匹ずつ焼いてる余裕なんかないから、こっからはぶつ切りの唐揚げになっていくんや……」

拓己がわざとらしくため息をつくけれど、それが本心ではないことをもうひろは知っている。蔵人や杜氏たちがひっきりなしに行き来するここからの季節を、拓己は待ち望んでいるのだ。

わたしも楽しみだ。

ひろはそう心の中でつぶやいた。

去年、京都に来たばかりの頃。人見知りだったひろは蔵人たちとほとんど話すことができなかった。

蔵人たちは、豪快で大雑把《ざつぱ》で声が大きくて少し怖かったけれど、優しい人たちだった。食べたことがないだろう、と珍しい郷土の土産《みやげ》をくれたこともある。食事時にはひろに気を遣ってくれたのだろう、たくさん話しかけてくれた。

それらすべてに、去年のひろはうつむくばかりで何も返せていなかったのだ。

でも今年はちがう。

蔵人たちの故郷の話や、酒造りの話も聞いてみたい。実里の手伝いをするようになって料理も一つ二つ覚えたから、それも振る舞ってみたい。

彼らとたくさん話をしたい。

そういう決意も込めての「楽しみ」だ。

焼き上がった秋刀魚を長皿に乗せると、拓己が大根おろしと小さな菊を添えてくれた。端には粗塩が盛ってある。

肩の上からシロが秋刀魚の様子をじろじろと吟味《ぎんみ》していた。

「ひろ、真ん中のやつが一番焦《こ》げ目がうまそうだ。これをひろが食べろ。上のやつは次にうまそうだからおれのだな。端が焦げているのは跡取りだ」

シロがしゃあっと赤い舌をのぞかせる。拓己が自分とひろ用にグラスにお茶を、シロ用に盃《さかずき》に酒を注ぎながら、肩をすくめた。

「お前は生でええやろ。蛇《へび》なんやし。別で用意したろか」

「おれは、秋刀魚は焼いた方が絶対にうまいと思う」

きりっとした顔でシロがそう言うものだから、拓己が怪訝《けげん》そうな顔で肩をすくめた。

「……蛇らしないなあ」

そう言いながらも、拓己は焼き秋刀魚をちゃんと三匹用意している。シロにも長皿に整えてやっているのを見て、ひろはなんだか微笑《ほほえ》ましくなった。

ひろが秋刀魚の腹にぷつりと箸《はし》先を入れると、身がほろりと崩れた。大根おろしとほくほくとした身がよく合う。脂《あぶら》の乗った腹の部分も、拓己の添えてくれた粗塩が、さっぱりと食べさせてくれた。

七輪を片付けた後、拓己は皿に和菓子をいくつか盛ってきてくれた。今日の和菓子は、愛らしいうさぎの顔の練り切りだ。色ちがいで四つ皿に乗っている。

「お稲荷《いなり》さんの方にある菓子屋さんのなんやて」

身を乗り出したのはシロだ。

「ずいぶん派手なうさぎだな」

「母さんが若菜《わかな》に食べさせたい言うて、試しに買《こ》うてきたんや。最近ＳＮＳでものすご人気らしいて」

若菜は、もうすぐ二歳になる拓己の姪《めい》だ。鮮やかな色のかわいいうさぎは、子どもの目を引くにちがいなかった。

練り切りが苦手な拓己の代わりに、ひろとシロでうさぎの練り切りを二つずつ食べた。

あたたかな茶をすすってひと息ついた後、ひろは拓己を見やった。聞きたいことがあったのを思い出したのだ。

「拓己くんの世代って、学祭って何をやったの？」

拓己が目を丸くした。それから少し空を睨《にら》んで「ああ」とつぶやく。

「そうか、そんな時期か」

「うん。クラスでやることは決まってるんだけど、一応参考までに聞いてみたいな」

ひろの通う深草大亀谷《ふかくさおおかめだに》高校は、拓己の母校でもあった。毎年九月の終わりには学祭が開催される。転校したのは去年の十月だから、ひろは一年生の学祭を経験していなかった。

拓己がポケットからスマートフォンを引っ張り出した。写真のフォルダを開き始めたのを見て、ひろは少し驚いた。

拓己がスマートフォンで写真を撮るのを、ひろはほとんど見たことがない。酒造りの記録とか、蔵のパンフレットの撮影ばかりに使っていると思っていた。

「ほら、これやな。前の携帯からそのまま入ってるわ」

写真には、高校生の頃の拓己が写っている。

「これは三年生？」

「そうやな。剣道部はお好み焼きやって、クラスは教室でカフェをやってん。最終日に撮った写真を、クラスの子が送ってくれたんや」

クラスの模擬店のものだろうか。拓己は写真の真ん中で、黒のクラスTシャツを着て腰に同じ色のサロンエプロンを巻いている。同じ格好をした男子二人と、白いエプロンを着けた女子の何人かが、拓己を囲むようにこちらを見て笑っていた。

いくつか見せてくれた写真で、拓己はいつも真ん中に写っていた。男子たちに左右から肩を組まれていたり、女子たちの真ん中で少し困ったように笑っていたり。

きっと拓己は、このクラスの中心にいたのだ。

ひろの学校の、特に運動部では、卒業して三年経《た》った今でも拓己のことが話題に上がる。面倒見がよくて、とてもすごい先輩がいたのだと。

ひろはそれを聞くたびに、自分のことのように誇らしくなって。

そうして、最近は少し寂しくなるのだ。

「ひろのクラスは何するんや?」

「うちもカフェをするよ。中庭の池の横で野外の和風カフェをやるんだ」

拓己がへえ、とうなずいた。

「おれも部活絡みで顔出すと思うから、ついでにひろのとこも寄ってええか?」

ひろはうなずいた。

「でもわたし、裏方だから表には出ないかも。看板とかポスターを描くんだ」

ひろが絵が好きだと知った、同じクラスの椿《つばき》が薦《すす》めてくれたのだ。

「そうか。やったら、ひろの得意分野やな。それも楽しみにしとくわ」

拓己の切れ長のまなじりが、ほんの少し柔らかく下がる。その笑顔がなんだかとても眩《まぶ》しく感じて、ひろは思わず視線をそらした。

「おれも行く」

ひろの膝《ひざ》の上でぐるりと丸まっていたシロが、ぐん、と首をもたげた。拓己が眉をひそめる。

「ややこしいからやめや。蛇のまま来たら、先生方に捕まるで」

「来週は雨の予報だ、降ったらおれも行く」

シロは雨が降ると、人の姿をとることができる。けれど白銀の髪に金色の瞳、美しい顔立ちと冷たい気配は、あまりに人間離れしていて学校には馴染《なじ》まないだろう。

ひろと拓己は同時に首を横に振った。

「たぶんすごく目立つよ、シロ」

「かまわない」

「こっちがかまうわ」

拓己がシロをわしづかみにした。シロがばたばたと暴れる。

「絶対行くからな」

拓己の手の中でシロが高らかにそう宣言した。


学祭前の数日は、準備期間として短縮授業になる。午後の準備時間が始まるとすぐに、ひろは椿に声をかけられた。

「ひろちゃん、看板の進み具合どう?」

椿は京都に来てできた、ひろの友人だ。白い肌に赤い唇、艶《つや》やかな長い黒髪の美少女で『椿小町《つばきこまち》』の名をほしいままにしている。

「もうすぐできるよ」

ひろは教室の後ろに立てかけた、描きかけの立て看板を指した。

縦長の看板の背景は、淡い紺色のグラデーション。その宵闇《よいやみ》の中に、ぽかりと金色の満月が浮かんでいる。揺れる薄《すすき》と数匹のうさぎが月を見上げていた。真ん中に銀色の絵の具を使って、縦書きで『満月庵《まんげつあん》』と屋号が入っている。

大亀谷高校の学祭は『満月祭』と名がついている。ひろたちのクラスのカフェは、それにちなんで『満月庵』という名前が採用された。

「ほんま上手やねえ」

椿が感心したようにつぶやいた。

ひろは幼い頃から絵を描くのが好きだった。それを何かの折に話したのを、椿は覚えていてくれたらしい。文化祭の役割を決めるとき、ポスターと立て看板の係を薦めてくれたのは椿だ。

「あ……ありがとう」

ひろはなんだか照れくさくなってうつむいた。

そのとき、横からひょいとクラスの女子が顔を出した。

「うちらもびっくりしてんよ、三岡《みつおか》さん美術部とかやないのに、めっちゃ絵上手やんて」

ひろは驚いて肩を跳ね上げた。

今回満月庵の店長を務める、大滝結香《おおたきゆか》だ。吹奏楽部に所属していて、人見知りのひろに

もよく声をかけてくれる。ひろより小柄で、クラスでも一番背が低いけれど、エネルギー

にあふれた明るい人だった。

結香は椿を見上げた。

「西野《にしの》さん、お菓子の方はどうやろ」

「うん、今から茶道部行ってくる。知ってる先輩がいたはるから、都合つけてもらえるか

もしれへんし——ひろ、看板余裕あるんやったら、こっち手伝ってもらってもええかな」

ひろはうなずいた。看板の提出まではまだ余裕がある。戻ってきてから仕上げても十分間に合うはずだった。

結香がひろの肩を叩いた。

「三岡さん、看板終わってまだ時間あるようやったら、うちのメニュー班も手伝ってな。人も時間も全然足りへんの」

「う、うん、わかった！」

ひろはあわててうなずいた。

東京の学校で、ひろは周りに流されるばかりだった。中学校の学園祭や体育祭の記憶も薄い。全部をこなすのに精一杯で、楽しむ余裕なんて一つもなかった。

けれど今年は少しちがう。結香のようにクラスの真ん中で立ち回ることはできないけれど、自分に任された仕事があるということが、ひろにとっては嬉《うれ》しかった。

職員室のある校舎の一階に、茶室が設《もう》けられている。とはいえ、教室の半分に四畳半の畳《たたみ》が敷かれ、半分は床のままといった程度のものだ。時々授業で使う以外は、ほとんど部室として茶道部が使用していた。

椿が茶室の扉を開けると同時に、ひろは声を上げて飛び退《の》いた。

「わっ！」

何かが扉から飛び出してきて、ひろの足首にどんっとぶつかったからだ。たたらを踏んで体勢を立て直したひろは、それが駆けていった方を見やる。

廊下を曲がる寸前、白いふかふかした背と長い耳が見えた気がした。

「……うさぎ？」

「ひろ？　どうしたん？」

椿が不思議そうにこちらを見つめている。ひろは目を瞬《また》かせた。

「今──……」

それから、なんでもないと首を横に振る。今のうさぎは、たぶん椿には見えていないと気がついたからだ。

ひろの耳は、小さな声を拾っていた。

──こよいのつきは　いずこにあるか

あのうさぎの声だろうか。ひろはしばらく、うさぎの去った先をじっと見つめていた。

椿に少し遅れて、ひろは茶室の扉をくぐった。中にいた人が、くるりとこちらを向く。

真崎藤乃《まざきふじの》と名乗ったその人が、椿の先輩だった。

身長が高くすらりと痩《や》せていて、今日はTシャツにジャージ姿だ。長い髪を頭の後ろで一つにまとめ上げていた。

ひろは藤乃を一目見て椿に似ていると思った。

背筋を伸ばしてすらりと立つ様や、身にまとう清涼な雰囲気がそっくりだ。指先の動き一つ一つが美しく見えて、何かを嗜《たしな》んでいる人だとすぐにわかる。

藤乃の家は、『喜久乃屋藤富《きくのやふじとみ》』という菓子屋だそうだ。江戸時代から続く老舗《しにせ》の上菓子屋で、茶席で使われる上生菓子や干菓子を主に手がけているということだった。

ひろは藤乃の後ろに、釘付けになっていた。

そこは机が四つつけられていて、大きな作業台になっている。上には古い木の板のようなものがいくつか重ねられていた。

最初ひろは、その横に、色とりどりの鮮やかな花びらが散りばめられているのだと思った。赤や黄色、薄紫、藍《あい》色、白色と様々な色彩がいっぺんに飛び込んできたからだ。

よく見るとそれは、小さな干菓子だった。

白と桃色と薄黄色の菊、鮮やかな黄色の銀杏《いちょう》、こっくりと茶色い栗《くり》、濃い緑の松の葉、色づきかけの橙色と緑が混じった紅葉《もみじ》――……。

まるで一つ一つに命が吹き込まれているように、繊細で美しかった。

秋の歩道に、はらはらと色づきかけの紅葉が落ちる。高い青空に黄色の銀杏がぱっとはえる様が、目に浮かぶようだ。

清花蔵の食卓にはその内、焼き栗なんかが並ぶかもしれない。蓮見《はすみ》神社の庭には確か秋咲きの菊があったから、そちらもそろそろ見頃で──。

「──それでええかな、ひろちゃん」

「えっ!?」

ひろはあわてて顔を上げた、椿がこちらを向いている。

「満月庵のお菓子。生菓子は難しいけど、お干菓子だけやったら百ぐらい作ってくれはるて。それでええ？」

「だ、大丈夫だと思います」

あわててうなずくと、椿が肩を震わせて笑った。

「何に夢中になってたん？」

「……ごめん」

夢中になると、それしか目に入らなくなるのがひろの悪い癖だ。今は椿と二人、クラスの代表で来ているのだから、しっかりしないといけない。

もう一度謝ったひろの視線の先を見て、藤乃があぁ、とつぶやいた。

「茶道部のお茶席で使う、吹き寄せを選んでたんよ」

藤乃が笑って、ひろに菊の形の干菓子を一つ渡してくれた。食べてもいいと言ってくれたので、そっと口に含む。

途端に舌の上でほろりとほどけた。豊かな甘さが口いっぱいに広がる。

「型の練習で作ったやつやから、混ぜもんしたあるよ。本番はちゃんと和三盆《わさんぼん》だけで作る予定なんよ」

こつ、と藤乃が爪の先ではじいたのは、ひろが木の板だと思っていたものだった。よく見ると、上下に重なった二枚で一組になっている。どの型にもそれぞれに細かい模様が彫り込まれていた。

干菓子の菓子型だと、藤乃は教えてくれた。作業台の上に積み重なっているたくさんの菓子型は、どれも使い込まれて柔らかな艶を帯びている。

「もう使わへんくなった古いやつをもらって、練習してんの。うちも弟子やしね」

これは蝶々《ちょうちょ》、これは菊、これは松の葉、と菓子型に目を輝かせていたひろは、少し離れたところに置いてある一組の型に目をやった。一組に六つ彫られた菓子型で、その横には、白い干菓子が五つ置いてある。丸に小さな切れ込みが二つ入っていた。

「あれは、何の形なんですか？」

「……これは本番は出さへんのよ」

藤乃の顔がふと曇《くも》った。気を取り直したように椿の肩を叩く。

「じゃあ椿。代わりに約束のお軸《じく》、頼むわ」

軸、とは掛け軸のことだそうだ。菓子を都合してもらう代わりに、茶道部が学祭で使う掛け軸を、椿が書くという約束だったらしい。

椿の母は書道家の『静秋《せいしゅう》』で、椿自身も母の弟子として書道を学んでいる。

「何を書かせてもろたらええんですか？」

「ミズヲキクスレバ、ツキテニアリ」

藤乃の言葉に、ひろはぎゅうと眉をひそめた。何かの呪文のように聞こえたからだ。怪訝そうな顔をしたひろを見て、椿がポケットからペンとメモを取り出して、書きつけてくれた。

『掬水月在手』

「禅語やね。『水を掬《きく》すれば月手に在《あ》り』。手のひらに掬《すく》い取った水に、月がうつっている、て意味。八月末とか九月ぐらいのお茶席のテーマに多いんかな」

ひろは思わず手のひらを広げて、重ね合わせた。ここに水を掬って月をうつす。月が自分のものになったみたいで、それは少し心が躍《おど》るような気がした。

藤乃が茶席をぐるりと指した。

「お茶席は、たとえば季節によってテーマを決めたりするんよ。春やったら花……桜やね。秋も深まってくると紅葉、みたいな。それ以外にも和歌とか古典をテーマにしたり、今回みたいに禅を絡めたりするん」

藤乃は椿とひろに、茶道部のお茶会チケットを一枚ずつくれた。

「よかったら顔出して。今年のお席は、うちが誂《あつら》えることになってるから」

ひろは今は何もない茶室の畳や、掛け軸がかかるはずの床の間をじっと見つめた。

ここにこれから、世界を作り上げていく。

花や花瓶《かびん》、掛け軸、お茶、お菓子、器《うつわ》……。その一つ一つ全部に意味があるのだと思うと、四畳半の畳の世界がとても広く感じた。

目に見えるものばかりではなく、人が見立ててとらえる自然もまたきっと美しいのだろうと思う。

シロは、きっと好きだろうな。

ひろはふとそう思った。

シロはこういう人間独特の美しい営みが好きだ。人の手で作り出された細工にいつも心を震わせている。だからきっと藤乃の作った干菓子や、茶席の世界も好きだろう。

時折ずっと遠くを見つめては、じっと黙り込んでいるシロの姿を思い出したひろは、ふと思いついた。

「あの……わたしも、このお干菓子を作ることはできますか？」

藤乃がきょとんとひろの方を向いた。

シロが好きなものを、どうせなら自分で作ってみたいと思ったのだ。

ひろは藤乃のきれいな指先と、命を吹き込まれたような鮮やかな干菓子を交互に見つめた。

「真崎先輩みたいに……あんな風に生きてるみたいな、お菓子を作ってみたいです」

それはきっとシロの金色の瞳を、輝かせるだろうから。

顔を上げたひろの目の前で、藤乃が少し照れたようにそっぽを向いて。それでも小さくうなずいてくれた。


教室に戻る道すがら、椿が隣でくすりと笑った。

「ひろちゃんがあんなお願いするん、珍しいね」

「真崎先輩にご迷惑だったかな……」

結局、休日に藤乃の家――『喜久乃屋藤富』の本店に押しかけることになった。藤乃が、作るならうちでと提案してくれたのだ。

椿は首を横に振った。

「藤乃先輩んとこて、和菓子作りの体験教室とかもやったはるから、大丈夫やと思うよ」

ひろは目を丸くした。

「そんなこともやってるんだ」

「観光客向けみたいやけどね」

椿はそこで一つ、小さく息をついた。

「『喜久乃屋藤富』て、元はお茶席の御用がほとんどやったんやて。せやけど、今はそれだけやと厳しいやん。それで先代から藤乃先輩のお父さんに代替わりしたときに、いろいろ新しいこと始めはったみたい」

店舗を拡大し、観光客向けに和菓子の体験教室を始めたり、ＳＮＳを始めたりもしたそうだ。

この土地は、もう老舗というだけでは生き残れなくなった。進むのも守るのも、みんな懸命にやっている。

ひろは拓己の背を思い出した。拓己も、何百年も続く伝統の造り酒屋を守ろうと一生懸命だ。

「どこも大変なんやわ……」

椿のその一言は、ずしりと重かった。

椿が教室のドアを開けると、出入り口付近の視線がいっせいにこちらを向いた。ひろも椿も、思わずそこで立ち止まる。

Tシャツ姿の女子生徒が三人、こちらを向いていた。ひろの知らない人だ。上履《ば》きの色から判断すると、全員三年生の先輩たちだった。

その後ろに結香がいた。先輩たちとひろを、困ったように交互に見つめている。

「三岡さん、この人たち吹奏楽部の先輩なん。うちのクラスに清尾先輩の知り合いがいるて来はったんやけど」

結香は妙に歯切れが悪く、先輩たちの顔色をうかがっているようにも見える。

ひろはどうしていいかわからなくて、反射的に椿を見た。椿も困惑したように、わずかに眉をひそめている。

彼女たちの内の一人が、ひろを見つめて首をかしげた。

長い髪をきれいにカールさせていて、濃い茶色に染めている。年の差が一つとは思えないほど大人びて見えた。

「剣道部の人から聞いたんやけど。清尾先輩の家に住んだはるてほんまなん？」

自分が話しかけられているのだと、ひろは一拍遅れて気がついた。

「おうちに一緒にいたはったて聞いたけど。部員の子が見たんやて」

ひろは混乱する頭の中を、一生懸命整理した。

剣道部の部員が、春先に清尾家に訪ねてきたことがある。その日はたまたま蔵開きの手伝いでひろも清尾家にいたのだ。そのことだろうかと、ひろは見当をつけた。

彼女たちの三対の視線が、じっと自分に向いているのがわかる。妙な居心地の悪さを感じて、ひろは体の前で手を握り合わせた。

「……それは……あの」

自分でも驚くほど、声がかすれた。椿が横から助け船を出してくれた。

「三岡さんとこと、清尾先輩のとこが昔から付き合いがあるらしいんです。せやけど、時々遊びに行くぐらいやんね」

ひろは一生懸命うなずいた。

どうしてかはわからないけれど、たぶんこの人たちはひろのことが好きじゃない。ぴりぴりと肌に感じるほど、嫌な緊張感が漂っている。

「……ふうん」

三人の先輩たちは、納得したのだかわかりかねる相づちを打って、挨拶《あいさつ》もそこそこに教室を出て行った。

緊張感から一気に解放されて、ひろは深いため息をついた。目の前で結香がぱん、と両手を合わせる。

「ごめんなあ、三岡さん！　なんか変な空気んなって」

「あ……うん。大丈夫だよ」

結香が困ったように腰に手をあてて、廊下の方を見つめた。

「吹奏楽部って、筋トレの場所とか練習場所が体育館やったり武道場やったりするから、運動部の噂《うわさ》とかよう拾ってくるんよね」

言いにくそうに、結香がひろの方を向いた。

「あのな、たぶん三岡さん、ちょっと有名人かも」

「わたしが？」

ひろは目を見開いた。椿のように目立つような容姿でもなければ、特筆するような特技もない。結香の勘違いかなにかではないだろうかと思っていたら、隣で椿も、苦い顔でうなずいていた。

「清尾先輩絡みやんねえ」

「そうみたいやわ。心真館《しんしんかん》の建て替えんときに、三岡さんが清尾先輩といたところ、結構見られてるよ。大手筋《おおてすじ》あたりが地元の子とかもいてるから……一緒に歩いてるとことか、見たて言われてんのも、わたし聞いたことある」

ひろは眉をひそめた。頭の中がごちゃごちゃしている。拓己と一緒にいることで、どうしてひろが有名になるのだろう。

椿がううん、とつぶやいた。

「清尾先輩は有名人やから……変なこと考える人も、いてるよねえ……」

「変なこと?」

「ひろちゃんと清尾先輩が付き合ってるんとちがうか、ってこと」

ひろは叫びそうになった。

「そんなわけないよ!」

「うん、知ってるよ。でもそう思われてるかもしれへんてこと、あるよ。ひろちゃんが思ってるより、清尾先輩って運動部とか、文化系でも運動部に近い吹奏楽部とかでは影響力ある人やし」

結香が、Tシャツを肩までまくり上げた腕を組んだ。

「清尾先輩て、在学中は結構すごかったらしいやん? 今でも先輩らから聞くけど、一時期彼女が何人もおったとか、おらんとかで」

　ひろは一瞬、腹がかっと熱くなるのを感じた。

「それは、絶対うそだよ！」

　拓己がそういう不誠実な人ではないということを、ひろは知っている。

　きっぱりと言い切った後、はっと我に返った。目の前で結香がぱちぱちと目を瞬かせている。誰かにこんなにはっきり意見するのは初めてで、ひろは自分でも驚いていた。

「大滝さん、ごめんね……」

「え、なんで三岡さんが謝るん？　っていうかわたしがごめん。清尾先輩て三岡さんの幼馴染《おさななじ》みのお兄さんやんな。それやのに、わたしが変なこと言ったんやわ」

　結香がもう一度、ごめんな、と言った。

「正確には、彼女や言うてる人がいっぱいいた、ってことなんやろうな」

　椿が隣で、小さくため息をついた。

「清尾先輩て、その辺の線引き、あんまり上手やなさそうやしなあ」

　ひろは意外そうに椿を見た。

「拓己くんは、人付き合いがすごく上手だよ。それに優しいし……」

　いつも大人とも対等に話しているし、知らない人でも物怖《ものお》じしない。けれどそういうことではないのだと、椿は言いたいようだった。

「優しい人やからかなあ。清尾先輩に助けられたて人はたくさんいたはるし、それってすごいことなんやけど……。それは、平等にみんなに優しいいうことやん」

椿はふと、遠くを見てつぶやいた。

「──それは、女の子にはちょっと残酷《ざんこく》やわ」

椿が言う意味がひろにはよくわからない。

ただ、胸の奥がどろりと苦しかった。

ひろがなんだか腑《ふ》に落ちない顔をしている間に、椿と結香は学祭の話に戻ってしまった。

ひろは妙な雰囲気を振り払うように、よし、と小さく気合いを入れた。ひろにも立て看板の仕事が残っている。あと少し仕上げれば完成だった。

教室の中は、結香の指示や飾りを担当している男子たちの声が飛び交っている。紙を切る音、油性ペンのにおい、木に釘を打ちつける音、時折起きる笑い声。

この賑やかさはいいな、とひろは初めてそう思った。

この騒ぎに紛れていれば、なんだかややこしくてちっとも答えの出ないことを、考えずにすみそうな気がしたからだ。

夕方から雨が降り始めた。秋のしっとりした雨が、清花蔵の中庭に敷かれた石畳を濡らしている。

この時期は雨が降ると気温がぐっと下がる。厚手のニットカーディガンを羽織ったひろは、清花蔵の客間で繰り広げられている惨状《さんじょう》をぽかんと眺めた。

「何してるの、拓己くん……とシロ」

人の姿のシロは、薄い藍色の着物ではなく洋服を着ていた。銀色の髪を後ろでくくって、つばの短い帽子をかぶっている。その横で、拓己が腕を組んでじっとシロを見つめていた。

「この白蛇がどうしても学祭に行くてうるさいんや。予報は確かに雨やし、もし人の姿になったら、考えたらんでもないいて思て」

拓己とシロの足元には、洋服や小物がずらりと積まれている。おそらくすべて拓己のものだろう。どうやら拓己プロデュースの、シロのコーディネート大会らしい。

シロはどこかうんざりとした顔をしていた。

「だから、おれはいつものでいいと言った」

「阿呆《あほ》。髪の色も目の色も変えられへんのやろ。その上、そんな着物なんかで来られたら、たまったもんやあらへん」

白銀の髪に金色の瞳のシロの容姿は、やはり人目を引く。

拓己はいまいち不満だ、という顔をして足元から別の上着と帽子を取り上げた。

「白蛇、次これ……よりは、こっちの方がいいか?」

やっている内に拓己の方が夢中になっている。細かな色の組み合わせだとか、帽子との相性だとか、拓己の妙な凝り性が発揮されていた。

「ひろ、助けてくれ。さっきからこの跡取りが人の話を聞かないんだ」

シロがひろに手を伸ばした。拓己が、ばしんとその手を払う。

「白蛇、まっすぐ立ちや。次これ着ぃ」

「……おう」

それにしても、とひろはまじまじと洋服姿のシロを見つめた。

もとより顔は整っているうえ、どこか人間を超越したような冷たい雰囲気があったのが、着物から洋服になることで、ぐっと薄まってあたたかみすら生まれたような気がする。

「……すごく似合ってるね、シロ」

その途端シロがぱちりと金色の目を瞬かせた。

「似合うか?　そうか。ひろがそう言うなら悪くないか?」

白いデザインシャツにグレーのジャケット、深いインディゴのデニムの裾《すそ》は折り返さない。シロはそわそわと自分の姿とひろを交互に眺めた。

「なあ、このでにむとやらの裾が、少し足りない気がしないか？　跡取りよりおれの方が足が長いのかもしれないいな」

「やかましいわ。ジャケットスカスカのくせして」

拓己は剣道部だったのもあって、背中にしっかりと厚みがある。シロが拓己のジャケットを着ると肩と背の部分がやや余っているようにも見えた。

その後何度か帽子やベルトを着せ替えて、拓己はようやくシロのコーディネートに満足がいったようだった。

「これ一式置いといたるから、行くんやったら絶対着るんやぞ。できればおれと一緒にいてくれ」

「何が楽しくて跡取りと祭を回るんだ」

「おれかて嫌やわ。でもお前、ひろに会ったら絶対そこから動かへんやろ」

「当たり前だ」

「その日は、ひろにはひろの役割があるんや。邪魔したらあかん。おれはお目付役」

拓己がじろりと、不満そうなシロを睨みつけた。

ひろはそのやりとりを、どこか遠くで聞いていた。

洋服のシロと拓己が目の前で立って話している。それは妙な迫力があった。シロも拓己も上背があるし、容姿はどう見ても二人とも整っている。

この組み合わせはきっと、人目を引くだろう。

……妙な騒ぎにならなければいいけれど。

ひろは、嫌な予感にそっと顔を引きつらせた。

2

週末、ひろと椿は連れだって稲荷を訪れた。

菓子屋『喜久乃屋藤富』は稲荷大社のほど近くに本店をかまえていた。店の表には、白地に藤《ふじ》の花の屋号が染め抜かれた暖簾《のれん》が、稲荷山からの風にひらひらと靡《なび》いている。

暖簾をくぐって格子戸《こうしど》を開けると、ふわりと甘い匂いがした。開店してすぐの時間帯だからか、中には誰も見当たらない。

三味線のBGMに柔らかな橙色の灯《あかり》。店内に設けられたイートインスペースの机や椅子《いす》、窓枠は瑞々《みずみず》しい青竹が使われている。ピカピカに磨かれた真新しいガラスケースの中には、生菓子がずらりと並んでいた。

ひろはその中の一つに目をとめた。

「このうさぎ、ここのお菓子だったんだ」

カラフルなうさぎは、この間実里が試しにと買ってきたものだ。うさぎ以外にも、あひるや猫や犬などが、ポップな色合いで並んでいる。どれも表情豊かで、アニメのキャラクターのようにこちらを向いて笑っていた。

二人で鮮やかなケースの中を眺めていると、奥から小さく笑う声が聞こえた。

「そのうさぎ、うちで一番人気あるんよ」

藤乃だ。作業着だろうか、上下白い作務衣《さむえ》に、同じ色の帽子をかぶっている。髪はまとめて、鼈甲《べっこう》色のバレッタで止めていた。

「SNSに上げてくれはる人が多くて、最近職人さんらもこればっかり作ったはる」

藤乃の指先が、愛嬌《あいきょう》のあるうさぎをケースの上からとんとんと指した。その指がケースの一番端まですっと動く。

「もともとは、こっち」

そこはケースの真ん中の色鮮やかさと比べると、ずっと落ち着いた色彩だった。昔ながらの練り切りは、うさぎの十分の一ほどの量だ。

薄橙と緑で、紅葉《こうよう》の始まりを告げる山。白い丸の地にうさぎに見立てた花びらを一つ添えた、月見。イガの中から顔を出す栗。茶色の生地から、ほんの少しだけ見える鮮やかな黄色は、落ち葉の中の銀杏。

「……ずいぶん、少ななってしもたわ」

鮮やかでポップなうさぎと、落ち着いた季節の練り切りを交互に眺めて、藤乃はふとその顔に影を落とした。

それも一瞬のことで、藤乃はすぐに笑ってひろと椿を手招いた。

「こっちが作業場やから、入って」

作業場には、がっしりとした大きな木の作業台が置かれていた。ずいぶん古くから使われているのだろう。飴《あめ》色の柔らかな艶がある。壁には同じ木でできた棚が並んでいて、菓子型や帳面がしまい込まれていた。

エプロンを着けているひろたちの隣で、藤乃が大きな木の籠《かご》を出してくれた。その中にはたくさんの干菓子の型が入っている。

「練習用やし、好きなの選んでええよ」

菓子型はそれぞれ、三つずつ模様が彫り込まれていた。

桜、紅葉、菊、藤、菖蒲《しょうぶ》、くるりと体を丸めた猫や蝶々、鯛《たい》に雀《すずめ》、稲荷大社の参道らしく、狐の型もある。

ひろが型に触れると、しみこんだ甘い砂糖の匂いがした。

ひろはあっという間にそれに夢中になった。

線の強弱や彫り込みがひとつひとつちがって、菓子になったときにどうなるのだろうと想像するだけで楽しい。どれも干菓子にしてみたいと思う。

散々迷ったあげく、ひろは蓮《はす》の型を選んだ。

誰に渡したいかを思い出したからだ。シロは蓮の花が好きだった。

ひろが迷っている間に藤乃が用意してくれたのは、粉雪のような真っ白な和三盆。それに色粉と水だけを合わせて型で抜くのが、干菓子の『和三盆』だ。

「学祭で出すやつは、さすがに高《たこ》うて和三盆使えへんからね。今日は特別」

藤乃がちらりと笑顔を見せた。干菓子の中でも、和三盆の砂糖だけで固めたものを『和三盆』、寒梅粉《かんばいこ》などを混ぜたものを『落雁《らくがん》』と呼ぶと教えてくれた。

ひろは慎重な手つきで、ほんのり薄紫に色づいた和三盆を型に押し込んだ。

もとより器用な方ではない。菓子型に均等に詰め込むことも、粉を丁寧《ていねい》にはらうことも苦心したが、何より型から抜くのが大変だった。

二つに分かれる型の上部分を取って、こつこつと横を叩いて外す。藤乃が手本を見せてくれたのだが、ころりときれいに外れるものだから、ひろは思わず歓声を上げた。

「うわあ……！」

藤乃が照れたように笑った。

「そんな難しないよ、あんまり強く叩くと割れるから、気ぃつけて」

椿も二、三度でこつをつかんだようだったが、案の定ひろの蓮だけが、きれいに仕上がらない。外したときに割れたものもあれば、詰め込むときに失敗して、きれいに模様が出ないものもあった。

「……悔しい」

割れた蓮の前で落ち込んでいるひろを見て、椿が肩をすくめた。

「ひろちゃん、ほんま不器用やからね」

返す言葉もなかった。

それでも藤乃と椿に手伝ってもらって、四苦八苦しながら、なんとか合格点だろうという蓮を三つ作ることに成功した。

指先ほどの小さな蓮は、今にも薄紫の花弁がほろりと開きそうに見える。

淡い桃色と水色の色粉を混ぜたひろの蓮の花は、今思えば、どこかシロの着物の薄い藍色と似ていた。

藤乃に三つの蓮を小さな箱に詰めてもらった。欠けたり割れたりした分も、藤乃が別の箱に一つ一つ丁寧に並べてくれた。

「失敗したんも持って帰り。味は一緒やから。三岡さんが頑張った証拠やんね」

ひろはじわりと嬉しくなった。自分が頑張ったと思えば、欠けたり割れた蓮も愛《いと》おしく思える。

それに蓮の花弁が欠けたものなどは、これはこれで趣《おもむき》があるのではないだろうか。

「ちょうど花びらが散りかけの蓮、って感じもするから、わたしは好きです」

そう言うと、藤乃がほんの少し驚いたように目を丸くして、やがて柔らかく笑った。

ふと、ひろの前に影が落ちた。

「──ふうん」

低い声がして、ひろの前にぬっと太い手が割り込んでくる。ひろが硬直している間に、欠けた蓮を一つさらっていった。

ひろはあわてて振り返った。

藤乃と同じ白い作務衣の作業着を着た男が、ひろの蓮をまじまじと見つめている。三十代ぐらいだろうか、キリリとした太い眉に濃い影が顔に落ちている。

藤乃があわてて壁の時計を見上げた。

「──うわ、健吾《けんご》さんもうそんな時間？　すいません、作業台空けますね」

「ええよ、まだ時間やないし。おれらが早よ来たんやもん。この子ら藤乃ちゃんの後輩なんやっけ」

健吾、と呼ばれた彼以外にも、店表から三、四人の職人たちが作業場へ入ってきた。二十代ぐらいから、祖母ぐらいの歳《とし》まで様々だ。ひろは反射的に体を硬くした。

藤乃が湯気の立つ湯飲みを、ひろと椿の前に置いてくれた。

「うちの職人さんらやの。明日馴染みのお茶席で、大口の御用をいただいててね、今日は総出やわ」

「そうなんですか？　そんな日にすみません……」

椿が藤乃にぺこりと頭を下げる。ひろもあわてて椿にならった。

「うちがこの日にて呼んだんよ、気にせんといて」

「そうそう。藤乃ちゃんが後輩連れてくるて初めてやもん。おじさんたち朝からそわそわしてて、見たすぎてちょっと早よ来てしもてん」

健吾がニヤニヤと笑う。藤乃が小さくため息をついた。

「道理で、えらい早いと思いました。うちかて後輩の一人や二人いてます」

「うそつけ。茶道部の子かて連れてきたことあらへんのに。結構お気に入りなんやろ」

藤乃がすいとそっぽを向いた。ちらりとひろを見る。

「……うちのお菓子見て、生きてるみたいやて……言うてくれたから」

職人たちの目がいっせいにこちらを向いて、ひろは湯飲みを手にしたまま、ぎくりと固まった。

やがて健吾がぶは、と噴き出した。

「ははは、そうか。褒められて嬉しかったんやな、藤乃ちゃんは」

職人たちが顔を見合わせて、互いに笑い合っている。その雰囲気は清花蔵の職人たちのように、他人だけれど家族のような、不思議であたたかな関係であるのがわかる。

ゆっくりと茶を飲みながらぽつぽつと話していると、作業場に男がもう一人入ってきた。

「なんや藤乃、まだ終わってへんかったんか?」

ひろの父と同じぐらいの歳だ。優しそうな目に意志の強そうな光が宿っている。細身だが腕にしっかりと筋肉のついた、職人の体つきだった。

藤乃が困ったようにまなじりを下げた。

「お父さん……」

職人たちと同じ、白色の作務衣を着ている藤乃の父は、喜久乃屋藤富の社長だ。

今まで和《なご》やかだった空気が、ぴりっと緊張する。職人たちはそれぞれ無言で作業にかかり始めて、誰も藤乃の父と目を合わせないようにしているみたいだった。

ひろと椿の戸惑いの気配を察したのだろう。藤乃が飲みかけの湯飲みを盆に引き取った。

「椿、三岡さん、奥行こか。お父さん、客間借りるね」

「ええよ。ゆっくりしていってや」

藤乃の父はひろたちに向かって笑いかけた。すぐに職人たちに向き直る。

「今日は大口の御用や、しっかり頼みます」

「――社長」

声を上げたのは健吾だった。

「あの型、返してもらわれへんやろうか。杉野《すぎの》家の御用にはあの型を使うて、カショウさんが決めたはったんです」

「……あの型は使われへん」

藤乃の父は職人たちを見回して、きっぱりと言った。そしてぼそりと付け加える。

「……あんな気味の悪いもん、どないしようもあらへん」

黙り込んでしまった健吾も、職人たちも誰も藤乃の父と目を合わせようとしなかった。

作業場を出る直前に、職人の一人がぽつりとつぶやいたのをひろは聞いた。

「――カショウさんがいたはった頃はよかったなあ」

小さいけれどはっきりしたそれは、ひろと椿と藤乃、そして藤乃の父にも聞かせるためだったのかもしれなかった。

喜久乃屋藤富の客間は、広く華やかな店表と比べて簡素だった。八畳の畳敷きで床の間がある。そこには深緑の和紙で裏打ちされた掛け軸が、一輪挿しには桔梗《ききょう》の花が生けられていた。

「適当に座ってや」

藤乃が障子を開けると、その先は庭だった。小さな坪庭でその客間からしか見えないように作られている。

向かって左手には大きな石が三つ、間には細い川が造られていて水が流れている。右手にある池の周りは苔《こけ》むしていて、細い松の木の枝がまるで雲のように石にかかって見えた。

一枚の風景画のように整えられた庭に、ひろは感嘆のため息をついた。

人里離れた深い山奥にそびえる大きな岩山と、その間を流れる清流の滝、雲がうっすらとかかって見える。

「……絵みたい……」

ひろがつぶやくと、藤乃がその口元に柔らかな笑みを浮かべた。

「欠けた蓮の和三盆のときも思たけど、三岡さんやっぱりええセンスしてる」

藤乃がもの入れから座布団を引っ張り出して、三つ輪になるように並べる。そのうちの一つに腰を下ろして、ひろと椿も手招いた。鼈甲色のバレッタを外して、肩に下りた長い髪を指で丁寧に梳《す》いている。

「この客間、カショウさんがお庭まで整えはったんよ。……生きてる間に三岡さんに会わせてみたかったたな。センスがよう似てる」

カショウは『佳宵』と書くそうだ。喜久乃屋藤富の菓子職人だった。昔では珍しい女菓子職人だ。

「佳宵て、名前やのうて号ですか?」

湯飲みを両手で抱えて、椿がそう問うた。

「うん。俳号なんやて。佳宵さん、俳句も短歌も書道も、なんやいろんなことやったはったから」

藤乃が盆の上の菓子を指した。作業場にあった練り切りを、藤乃が三つさらってきたのだ。真っ白な丸い地の右下に、茶色の線が三本入っていた。

「これ、何に見える?」

「え……と」

ひろと椿がそろって首をかしげた。今のところ白い丸に線が三つと、そのままにしか見えない。藤乃がくすりと笑った。

「このお菓子は『十五夜』て名前。白地が月で茶色が薄《すすき》。月に薄が揺れてるように見立ててるんやね」

ひろはじっと皿の上の練り切りを見つめた。

皿は宵闇のような深い藍色だ。

ふいに白い丸が、ぽかりと夜空に浮かんだ月に見えた。秋の涼しい風に吹かれて、その下で薄がさわさわと揺れている。

和菓子は見立ての世界だと、藤乃は言った。

「季節とか、故事とかをどれだけこの小さな世界に込められるか、いうことなんよ。せやから、菓子職人はいろんなことに通じてなあかんのやて」

藤乃が佳宵のことを話すとき、そのまなじりがほんの少し柔らかくなる。まるで、自分の宝物の話をするように。

「佳宵さんは、なんでもよう知ったはった。中でも俳句がお気に入りやったみたいで、みんな本名の『笹上《ささがみ》さん』やのうて、号で呼んでたんよ」

藤乃が初めて佳宵の腕を目の当《ま》たりにしたのは、小学生のときだ。

佳宵の細く皺《しわ》だらけの指が器用に動いて、あっという間に作り出す世界に藤乃は夢中になった。

桜の降る山、錦《にしき》の金魚の泳ぐ川、一面黄金色の秋の夕暮れ、しんしんと降り積もる雪の夜、深い雪の中から顔を出す春の梅。

手のひらに乗ってしまうような小さな菓子に、美しい自然の姿や空気感が見事に描き出されていく。

その腕前に惹《ひ》かれて、中学生になった年、藤乃は佳宵に弟子入りした。

その佳宵は、去年の暮れに帰らぬ人となった。ある日店で胸を押さえて倒れ、救急車で運ばれてそれきりだった。

藤乃は唇を結んで黙り込んでしまった。部屋の空気はとても柔らかいのに、どこか寂しい。

佳宵が作ったという美しい庭を眺めながら、ひろは十五夜の練り切りを味わうようにゆっくりと口に運んだ。

ひろと椿が食べ終わったあたりで、藤乃が乾いた笑いをこぼした。

「さっきは見苦しいもん見せてもうて、ごめんな」

椿が気遣うように藤乃に問うた。

「職人さんたちとお父さん、上手《うま》くいってはらへんのですか？」

「……そうやなあ」

喜久乃屋藤富の先代——藤乃の祖父が亡くなったのが八年前。藤乃が十になった頃だ。跡を継いで社長になった藤乃の父は、経営の傾きかけていた家業を必死に建て直した。

祖父は気位の高い人だった。

喜久乃屋藤富は創業二百年。祖父の口癖は「うちは昔、宮様の御用をいただいとったんや」だ。祖父の言う通り、かつては京都の御用菓子屋で、宮中や貴族の屋敷から茶席の菓子を頼まれていたことが誇りだった。

「でも今はお茶席も減ってしもたやろ。お父さんが継いだときは、もう店も畳まなあかんかもいうぐらいでね。なんとかせなあかんて、お父さんがいろいろ手えつけ始めたん」

藤乃の父は店を改装し、新しい鮮やかで見栄えのする和菓子を売り出し、百貨店の地下や河原町《かわらまち》など人の集まる場所に支店を出した。

SNS映えするかわいい和菓子たちのおかげで、雑誌やテレビに取り上げられることも多くなり、店を畳む寸前だった喜久乃屋藤富はなんとか生き残っている。

だが急すぎる改革は、古くからの職人たちには受け入れられなかった。

「特に佳宵さんは、お父さんのやり方が嫌やったみたい。そんなことするぐらいやったら、店なんか畳んでしもたらええて、よう言うてた」

今ここの職人は皆佳宵の弟子だ。だから藤乃の父と職人たちは折り合いが悪い。

伝統を守り続けることは難しい。人も時代も変わっていくものだ。

藤乃の父が正しいのか、佳宵が正しいのか——そもそも正しさで計ることが間違っているのか、ひろにはわからない。

「うちも中学校出るぐらいまでは、お店がむちゃくちゃに変わっていくのが嫌で、お父さんとよう大げんかしてたん」

だけど、と複雑な表情で藤乃はうつむいた。

「……今は、お父さんもお店を守りたいのはわかるから」

藤乃が小さくため息をついた。

「でも佳宵さんが亡くならはってから、お父さんが、佳宵さんが使《つこ》てはった型を、しまいこんでしもたん」

喜久乃屋藤富の菓子職人が、創業から代々使ってきた木型がいくつかあるそうだ。職人たちの中では佳宵しか扱えなかった。藤乃の父はその木型を職人たちの手の届かない、事務所の金庫の中にしまい込んでしまった。

「それで、みなさん怒ってはるんですね」

椿が空になった湯飲みを盆の上に置いた。

「……あの型は特別やから」

藤乃がそう言ったときだった。

ひろは庭を見て目を見開いた。

「……え」

庭に、ぴょんとうさぎが一匹飛び込んできたからだ。あのとき茶室の前で見た白うさぎだった。

――こよいの　つきは　どこにある

うさぎは後ろ足でぐうっと立ち上がって、ふんふんとあちこち見回しながら、しばらく鼻を鳴らしていた。やがて、しゅんと背中を丸めて、耳もぺたんと垂らしてしまう。まるで、探しものが見つからなかった、とでもいうように。

「……真崎先輩のおうちって、うさぎ飼ってたりしますか？」

ひろがぽつりと問うと、藤乃は首を横に振った。

「飼《こ》うたことあらへんよ」

目は口ほどにものを言うという。

拓己がよくじっと目を見て話してくれるから、ひろも相手の目を見る癖がついた。

せわしなく瞳が左右に揺れた後、藤乃はぱちりと瞬《まばた》きをした。その瞬間に瞳から感情が消える。

けれどその目は、確かに庭のうさぎをとらえていたような気が、ひろにはしていた。

その日も夕食は清尾家だった。清花蔵の縁側で、ひろはシロに小さな平たい箱を渡した。ふたを開けてやると、シロは金色の瞳をまん丸に見開いた。

「ひろが作ったのか。これは蓮だな。ひろ、これはおれのなんだろう？」

「うん。シロは蓮が好きだって思ったから」

「好きだ。だがひろの作った菓子の蓮なら、もっと好きだ。とてもきれいだ」

ひろはなんだか頬が熱くなるのを感じた。こんなに喜んでもらえると、作り手としては嬉しい。

大興奮のシロを横目に、拓己が三人分の湯飲みに熱い茶を注いだ。

「で、そのようできた三つを作るために、どんだけ失敗したんや？」

「う……」

ひろは一緒に持ってきていた、失敗した干菓子の箱を開けた。拓己が指先で花びらの欠けた蓮の花をつまむ。

「思ったより少なかったな。もっとあるかと思てた」

拓己がにや、と笑う。ひろは口をとがらせた。

「すごく難しかったんだよ。だけど失敗したのは、頑張った証拠だって真崎先輩が言ってくれたんだ」

ははは、と笑った拓己は小さなかけらを一つ口に放り込んだ。

「ああ、でもうまい。すごいな、ひろ」

拓己がこちらを見て笑った。

突然、ぶわっと体が熱くなった。かっと顔に熱が上る。なんだか拓己がちかちかと眩しくて、ひろはあわてて拓己から目をそらした。

「跡取り、それもおれのだ」

シロがしゃあ、と赤い舌をひらめかせる。

「お前にはそっちのきれいなのがあるやろ」

「全部おれのだ。一つだってだめだからな」

シロは欠けた和三盆入りの平箱も、器用に体を使って抱え込もうとする。拓己が呆《あき》れたように箱を取り上げた。

「はいはい、こっちはおれらのお茶請けや」

一人と一匹がぎゃあぎゃあ騒ぎ始めたのを見て、ひろはほっとした。顔の熱にはたぶん、気づかれていない。

夜の冷たい風で頬を冷ますように、ひろは空を見上げた。新月を一つ二つ過ぎたような三日月が浮いている。十五夜はすでに終わってしまった。

月を見ていたらふいにうさぎのことを思い出した。茶道部と佳宵の庭。別々の場所で見た同じ白いうさぎだ。

隣で和三盆争奪戦を繰り広げていた二人に話すと、拓己が腕を組んで問うた。

「いつものやつか？」

ひろはうなずいた。

「声も聞いたんだよ……月を探しているみたいだった」

「放っておけ。うさぎより、ひろの作った蓮だ」

シロの方は相変わらず、何の興味もなさそうだ。

放っておいてもいいものなのだろうか。

——月にはうさぎが棲《す》んでいるという。

喜久乃屋藤富のピカピカのガラスケースの中で、こちらを見て笑っている五色のうさぎは、新しくて愛らしかった。

ではあの寂しそうに月を探している真っ白なうさぎは、いったいどこから来て……誰に何を伝えたいのだろうか。

3

はらはらと霧のような雨が降る中、深草大亀谷高校の学園祭『満月祭』は開幕した。

ひろたちの和風カフェは、中庭に体育祭で使うようなテントをいくつか張り、柔道部から借りた畳を敷いて営業している。畳の上を区切るように置いてある屏風《びょうぶ》は、どれも手作りで満月が描かれたものだ。

ひろの当番は午前中だった。クラスTシャツにエプロン姿で、飲み物を作ったり、裏方を手伝ったりする雑用係だ。

一番奥のテント一つ分をパーテーションで区切り、厨房《ちゆうぼう》とバックヤードとして使っていた。表では店長の結香がくるくると動き回っては、あちこちに指示を出している。

ひろも手順通りにお茶を淹《い》れたり、お菓子を準備したりと大忙しだった。同じ裏方の子たちともぎこちないながらも、前よりずっとたくさん話すことができている。

学祭を楽しいと思ったのは、たぶん初めてだ。

午前中の当番が終わり、ひろがエプロンを外したときだった。表が妙にざわつき始めた。裏方同士で顔を見合わせていると、店から結香が走り込んできた。

「三岡さん！」

ひろはきゅっと眉をひそめた。

「わたし？」

「早く！」

結香に手を引かれるままに表に飛び出る。目の前でウェイトレス姿の椿が苦笑していた。

「ひろちゃんにお客さんやて」

顔を上げたひろは、ひ、と息を詰めた。

「……シロ」

白いシャツにグレーのジャケット、深いインディゴのデニム。帽子は鬱陶《うっとう》しかったのだろう、後ろでひとくくりにされた白銀の髪があらわになっている。その長身でゆったりと畳にあぐらをかいて、膝に肘《ひじ》をついていた。金色の瞳は冷たさを帯びて、つまらなさそうに眇《すが》められている。

髪と目の色、何よりその容姿と雰囲気でやたらと人目を引く。カフェ中どころか、通りがかりの人も足を止めて、その姿に見入っていた。

ひろの背中に、ざっと冷や汗が浮いた。

拓己は一緒ではないのだろうか。ひろはあわてて周りを見回したけれど、シロは一人だ。

クラスのウェイトレス係の一人が――壮絶な盆の取り合いの結果――おずおずとシロの前に、ホットグリーンティと菓子のセットを差し出した。『満月庵』で一番人気の限定メニューだ。

結香があっと声を上げた。

「あの子ら勝手に！　まだ注文取ってへんのに！」

「お待たせいたしました。あの……よかったら、食べてください」

シロはその金色の瞳で睥睨《へいげい》した。

「いらん。おれはひろを出せと言った」

にべもなかった。これはまずい、とひろはあわてて駆け寄った。

「シロ！」

シロの目がひろをとらえた瞬間、その凍りついた瞳が蜂蜜《はちみつ》のように柔らかくとろけた。

肘をついたまま口元に薄い笑みを刷《は》く。

「拓己くんは？　一人？」

「知らん。途中まであれこれうるさかったが、どこかに行った」

おそらくシロが勝手にここまで来たのだろう。

「だがひろが困ると言うから、跡取りの言うことも聞いてやったぞ。洋服も着たし、午前中は当番とやらだから、顔を出すなと言われた」

どうだ、と目の前でシロはどこか得意そうに笑っていた。褒めてくれと言わんばかりだ。

ひろはテントにかかっている時計を振り仰いだ。確かにひろの当番の時間は過ぎている。五分ほどであったが。

「……うん、ありがとう」

とにかく、この目立つ存在をここから連れ出さなくてはいけない。カフェの中の誰かがSNSでメッセージでも回しているのか、ぞくぞくと人が集まってくる。

「――いた、白へ……シロ！」

拓己が傘も差さずに満月庵のテントに飛び込んできた。

周りがまたざわりと揺れる。清尾先輩だ、剣道部の、とひそひそとした声が聞こえる。そういえばこの人も有名人だった。ひろは頭を抱えたい気分になった。

「遅かったな、跡取り」

「目立つから帽子かぶれ言うたやろ。そこのゴミ箱に捨ててたあったの見つけたぞ。おれの帽子なんやからな」

「邪魔だった」

「……まあええ、とにかく迷惑なるから外出るぞ」

ひろと拓己はシロをテントの外へ引っ張り出した。裏の人気《ひとけ》のない場所まで来ると、拓己が大きくため息をついた。

「とにかく、学祭うろうろしたかったら、白蛇は帽子かぶれ」

拓己がポケットに突っ込んでいた帽子を広げて、シロの頭にかぶせた。銀色が隠れるだけでもずいぶん雰囲気が変わる。それで、ひろと拓己はほっと一息ついた。

「ひろ、明日たぶん、白蛇のこと聞かれる」

「うん。親戚だってことにする」

拓己がじろりとシロを睨みつけるが、当の本人はどこ吹く風だ。

「……ちゃんと洋服着てくれただけよしとするわ。それでひろ、どこをまわるんや？」

「拓己くんも一緒に来てくれるの？」

「白蛇放っとけへんし。おれは後で剣道部に顔出せばええから」

ひろはぱっと心が浮き足立つのを感じた。

同時に、結香の言葉も思い出す。

——三岡さん、ちょっと有名人かも。

途端にすっと背筋が寒くなって、ひろは無意識に拓己から一歩距離を取った。

そのとき、ガシャンと耳障《ざわ》りな音がして、満月庵の中から小さな悲鳴が聞こえた。ひろと拓己が顔を見合わせる。

そろって様子を見にテントに戻ると、畳に座っていた何人かが立ち上がっていた。畳の上にはカップに入っていたはずのホットグリーンティが、おびただしく広がっている。その横の菓子皿は、上に乗っていた干菓子ごとひっくりかえっていた。

「わっ」

「何、わあっ」

テントのあちこちから、次々と悲鳴が上がった。

何かがテントの中を走り回っている。

ひろはうっすら見えた影に、じっと目を凝らした。

「……うさぎだ」

茶道部と藤乃の店で見た、あの白いうさぎと同じに見えた。畳の上を駆け回っては、屏風に飛びついて倒し、グラスやカップをはねのけて、皿の上の菓子を蹴《け》散らしている。

クラスの子も客たちも、突然跳ね上がる皿と倒れる屏風に困惑している。

横で拓己がひろと同じように、うさぎの方にじっと目を凝らしていた。

「あのうさぎか、ひろが言うてたん」

「うん。ほかの人には、見えてないんだ……」

うさぎはテントを一通り荒らして満足したのか、出入り口にいたひろたちの足元を、するりとくぐり抜けた。

満月庵の中はぐちゃぐちゃだった。

せっかくみんなで作り上げたのに、と、ひろはぐっと手を握りしめた。結香のきりりとした声が聞こえる。

「お客様には新しいの出して、それから――」

その口元が悔しそうに引き締められているのをひろは見た。

ひろは、うさぎを追って振り返った。

せっかくの学祭なのだ。あのうさぎを放っておくわけにはいかない。

テントの外にひろの描いた満月庵の看板がある。雨に濡れるからと、生徒会がビニールのカバーをかけてくれたものだ。

くすんだビニールの向こうに、金色の満月が見える。

うさぎは、その満月を見上げていた。

——こよいの　つきは　いずこ

うさぎの赤い目が、その満月をじっと見つめている。長い真っ白な耳が、しゅんとうなだれた。

——われらの　つきは　いずこか

うさぎは悲しそうに、ふるりと一度身を震わせた。

隣でシロが舌打ちした。うさぎがびくりとこちらを向く。

「ひろを煩《わずら》わせるな。ひろはこれから、おれと学祭をまわるんだ」

大股でずかずかと近寄って、怯《おび》えているうさぎの首根っこをつかむ。次の瞬間、うさぎの姿は消えていた。

シロがぱちりと金色の目を瞬かせた。

「……ひろ」

シロが、ひろの目の前でそっと手のひらを開いた。

シロの冷たい手のひらの上に、和三盆が転がっていた。白い丸に小さな切れ込みが二つ入ったきりの、シンプルな干菓子だ。

拓己が眉を寄せた。

「……今のうさぎ、これやったんか？」

ひろはシロの手から和三盆をつまみ上げた。さらりとした手触りで、少し力を入れれば砕けてしまいそうな繊細な菓子だ。

ひろはこの菓子を見たことがある。

「……真崎先輩の干菓子だ」

あの日茶道部で、藤乃が作っていたものだ。この干菓子がうさぎと関係があるのなら、あのとき、藤乃の様子が少しおかしかったことも何か理由があるのかもしれない。

ひろはポケットからハンカチを取り出して、そっと白い和三盆を包んだ。

「拓己くん、シロ。茶道部へ行ってもいいかな」

そう言うとシロは不機嫌そうに、拓己は何かを察して、二人とも同時にうなずいてくれた。

帽子をかぶったシロは、それだけでずいぶん周りの視線を感じなくなった。それよりも目立つのは拓己だった。ひろが驚いたのは、拓己がどこに行っても声をかけられることだ。

廊下を歩いていれば運動部から挨拶される。ＯＧの女の子たちが駆け寄ってきて、しばらく動けなくなることもあった。

誰もが拓己のことを見ている。

そうしてその横で、所在なさそうに立ちすくんでいるひろを必ずちらりと一瞥《いちべつ》するのだ。あの子は何の理由があって、この人の傍に立っているのだろう。そう思われているのは明白だった。

廊下で呼び止められた拓己が後輩と何事か話している間、シロがひろの袖《そで》を引いた。

「ひろ、いるぞ」

シロが指した先は吹奏楽部のカフェだ。名物は満月形のパンケーキで、真っ白なチーズのかかったパンケーキが看板に、どんと描かれていた。

その下にうさぎがいる。

「……ほんとだ」

ひろは周りを見回して、誰もこちらを見ていないことを確認すると、うさぎにそっと手を伸ばした。手のひらにふわりとした感触がある。次の瞬間には、手のひらの中で小さな干菓子に変わっていた。

うさぎは、どうやらその二匹だけではないようだった。

茶道部へ向かう道すがら、ひろと拓己、シロはあちこちでうさぎを見つけた。

三匹目は天文部の月球儀の傍だ。部室の中で相当暴れ回ったようで、展示されていた星や月の写真が、額ごと床へ散らばっていた。

四匹目は体育館の傍で見つけた。

三年生の演劇、『銀河鉄道の夜』の立て看板の前だ。

黒い闇の奥にずっと線路が続いている。その上を細い針のような銀河鉄道が走っていた。

周囲にはたくさんの星々が散らばっている。天の川、北十字星、ケンタウルス座……細やかな星々の間に、満月も描かれていた。

うさぎがぺたんと耳を後ろに倒す。

――こよいの　つきは　いずこか
悲しそうな声だった。

うさぎの探しものは見つからない。天文部やカフェで暴れ回ったのもきっとそのせいだ。

悲しそうなうさぎは、捕まえたひろの手のひらの上で、小さな干菓子になった。

茶道部に藤乃の姿はなかった。午後は家庭科室に行っているという。

向かった家庭科室の周りは、ひどく静かだった。このあたりは模擬店も展示もないから、学生も客も誰もいない。

「あ……！」

ひろは思わず声を上げた。

家庭科室の前に、また白いうさぎが一匹ひょいと現れたからだ。家庭科室から飛び出してきたように見えた。

「おっと」

拓己がうさぎをしっかり抱きとめた。干菓子に変わったそれをひろに渡してくれる。小さな干菓子は、これで全部で五つになった。

ひろは家庭科室に続くドアを、ゆっくりと開けた。

さやさやと雨の当たる音だけが、家庭科室に響いている。飾り気のない白色灯の下で、Tシャツ姿の藤乃がゆっくりとこちらに視線を向けた。

「……三岡さん？」

藤乃はどこかぼんやりとしているように見えた。家庭科室の机の上には、木型や和三盆、色粉の袋など、干菓子の材料が置かれている。

「あの……」

ひろは家庭科室に一歩踏み込んで、その惨状に気がついた。

銀杏、松の葉、柿、秋桜《コスモス》、紅葉……色とりどりの干菓子が床に散らばっている。あるものは割れて、あるものは粉々に砕け散っていた。

藤乃はどうやら、途方に暮れていたらしかった。

真っ先に声をかけたのは、拓己だった。

「大丈夫か？　真崎さんやんな。何かあったんか？」

藤乃はようやく我に返ったようだった。そしてわずかに眉をひそめる。

「……どなたですか？」

「清尾といいます。この三岡ひろの知り合いで、ひろが真崎さんを探してここまで来たんやけど……」

拓己は床の惨状を見つめて、その先を飲み込んだ。

床に散らばった干菓子をしげしげと眺めているシロを放って、ひろは藤乃に駆け寄った。

「真崎先輩……これ」

ひろはポケットから、ハンカチを引っ張り出して真崎の前で開いた。ひろたちが捕まえたうさぎの干菓子が、五つ乗っている。最後の一つは家庭科室のドアの前で見つけたものだった。

「真崎先輩、うさぎが来たんですよね」

藤乃は大きく目を見開いた。

藤乃はすとん、と椅子に腰を下ろした。一気に力が抜けたみたいだった。

「……この型、使《つこ》たらあかんて言われてたのに」

藤乃の手には細い木型が握られている。茶室で一度見た、あの古い木型だった。

柔らかな艶を帯びていて、甘く優しい砂糖の匂いがしみこんでいる。丸に二カ所切れ込みの入った型が六つ開いていた。

床に散らばった干菓子を拾い集めて、拓己とひろは藤乃の前に座った。

シロは藤乃の話には興味がないようで、散らばった干菓子を指先でつまんでは、一つ一つ光にかざして眺めている。その金色の目がきらきらしているから、きっと藤乃の作った干菓子が気に入ったにちがいない。

藤乃が怪訝そうにひろの方を向いた。

「……あの、三岡さんあの人……」

「すみません、親戚の人です。真崎先輩のお菓子が気に入ったみたいで……気にしないでください」

ひろは身を縮めて、そう言うしかなかった。

藤乃はハンカチの上の五つの干菓子を見つめた。

「三岡さんは、あのうさぎが見えたんやね。それから清尾さんも……あの人も？」

ちらりとシロに視線を向ける。ひろと拓己は同時にうなずいた。

「椿から、三岡さんは蓮見神社の子やからて聞いてたけど……あのうさぎが見えるんはわたしだけやと思てた。わたしと……それから、佳宵さん……」

藤乃の手が、愛おしそうに木型を撫《な》でた。

「この型、佳宵さんの型なんよ。佳宵さんがいるところ以外では絶対使ったらあかん、て言われてた」

佳宵の干菓子は命が宿るようだと、誰もがその腕に惚《ほ》れ込んだ。

花であれば咲いているように見えたし、清流を模した菓子は、水の流れる音まで聞こえるようだった。

「……このうさぎもそうやった」

ただの真っ白な丸に、小さな切れ込みが二つ入っているだけのシンプルな型だ。型を見ただけでは、藤乃は最初何かわからなかった。

けれど佳宵は、これをうさぎだと言った。

不思議なことに、ほかの誰が抜いてもただの白い丸だったのが、佳宵が抜くと体をくるりと丸めるうさぎに見えるのだ。色粉の使い方やわずかなおうとつが、きっとそう見せるのだろう。

——この型が自分でうさぎや言うから。うちはそれをうつしてるだけなんよ。

佳宵は皺だらけの顔で、くしゃりと笑ってそう言った。

この型が特別なものだと知ったのは、藤乃が中学生の頃。佳宵に弟子入りしてからすぐのことだった。

うさぎの干菓子がころりと型から外れた途端。六つのうちの一つがひょいと伸び上がったのだ。藤乃は驚いて声も出なかった。

真っ白でふくふくとした小さなうさぎがそこにいて、ふんふんと鼻を鳴らしながら、赤い目でじっと佳宵を見上げている。

佳宵はうさぎを両手で抱えて、目を丸くしていた藤乃に向かって笑ったのだ。

——ほら、言った通りやろ？　藤乃は見えるんやね。

藤乃が同じ型でどれだけ練習しても、干菓子は干菓子のままだった。あの菓子に命を与えられるのは、佳宵ただ一人だったのだ。

拓己が、横から藤乃に問うた。

「もしかしてその佳宵さんて、神社にお菓子納めたりしてはらへんかった？」

藤乃はうなずいた。

「うちの店は、神社やお寺さんからの御用ももらってたんです。その菓子はお父さんでもおじいちゃんでもなくて、全部佳宵さんが作ってはった……」

ひろと拓己は顔を見合わせた。シロが藤乃の菓子に興味を引かれていたのは、これだったのだ。

清花蔵も内蔵と呼ばれる秘密の蔵を持っている。神に捧げる本物の神酒《みき》を仕込む蔵だ。シロも内蔵の『清花』は絶品だと言う。佳宵の菓子も、シロたちのようなものに好まれるのかもしれなかった。

けれどその不思議な世界を楽しめたのが、自分だけだと藤乃は気がつかなかったのだ。

佳宵と父の衝突は、父が新しいことを始めるたびに大きくなっていった。

ある日、佳宵は藤乃に言ったのだ。

――あんたのお父さんはあかん。こういうものがあるんやて、認められへん人や。……腕は悪ないのになあ。せやけど型に命があるてわからへんのやったら、それは菓子とちがうてわたしは思うんよ。

佳宵は少し寂しそうだったと、今になって藤乃は思う。

去年の暮れに佳宵が亡くなったとき。父は真っ先に佳宵の型をすべてしまい込んでしまった。職人たちは、父に真っ向から反対していた佳宵に対する嫌がらせだと非難したけれど、藤乃はそれはちがうと思っている。

「佳宵さんはお父さんのこと『そういうものがあるて認められへん』て、言うてた。『腕は悪ない』とも。たぶん……お父さんも見えてたんやと思う」

佳宵の作る跳ね回るうさぎが。しかし父は、それを受け入れられなかった。

藤乃はきゅう、と型を握りしめた。

「神社からの御用は、佳宵さんがいなくなってから断ってる。昔からのお茶席の御用は減ってしもた。でも……新しいお客さんがうちのお菓子が好きやて、言うてくれたはる」

となりで拓己が、手のひらを握りしめたのが、ひろにはわかった。

古い伝統と新しい時代はかみ合わない。その隙間《すきま》を埋めるのは、容易ではないのだ。

藤乃はかたりと型を机に置いた。

「わたしが、早《はよ》う佳宵さんみたいにならへんかったらあかんのよ。お父さんが新しいことをやる。わたしは佳宵さんみたいに、古いものも大事にしていく。そうしたら、うちの店はちょっとやそっとでは倒れへんようになるはずや」

だから藤乃は、あの型で練習していたのだ。佳宵の代わりになれるように——自分が、菓子に命を吹き込むことができるように。

「それで、練習用に抜いたうさぎが逃げていったんか」

拓己がうなるようにつぶやいた。型のうさぎは全部で六つ。ひろの手に五つあるから、残りは一匹だった。

藤乃が手のひらをぎゅう、と握りしめた。

「……何回かこの型で和三盆作ったん。でも……どれだけやっても、佳宵さんみたいにはなられへん」

佳宵の抜いたうさぎは、いつも佳宵の傍にいた。藤乃のうさぎはどこかに逃げていってしまう。この型はまだ藤乃に馴染んでいないのだ。

「……わたしじゃ、だめなんやわ。この型は認めてくれへんのよ」

ひろは身を乗り出した。

「──うさぎは先輩から逃げてるんじゃないと思います。たぶん、何かを探してるんだと思うんです」

藤乃が顔を上げた。

あの声が聞こえているのは、ひろだけだ。うさぎが何を探しているのか知っているのも。

「何かて……？」

「たぶん、月だと思うんですけど。でも、見つからないみたいで……すごく寂しそうなんです」

何を見つけてもうさぎは寂しそうに耳を垂らすばかりだ。この子たちは見つからない月を、ずっと探し続けているのかもしれない。

このままだと、藤乃が何度型を抜いてもうさぎは逃げ出してしまうだろう。

拓己が腕を組んで、ひろが膝の上で手を握りしめて、それぞれ考え込んだときだった。

「……月」

藤乃がぽつりと言った。

ああ、と椅子から立ち上がる。

「わかった。三岡さんわたし、わかったよ」

藤乃はそう言って、佳宵の木型をしっかりと握りしめたのだった。


学祭は夕方六時まで。部活もなく片付けは翌日に回されるため、生徒たちはそれぞれ打ち上げだと、大手筋や近所の焼き肉屋に繰り出していった。

校舎はすっかり夜闇に沈んでいる。どこかで笑い声が聞こえるのは、一部のクラスや部活が教室や部室で打ち上げをしているからだろう。

それでも学祭の賑やかさとはほど遠い雰囲気で、ひろは一抹《いちまつ》の寂しさを覚えていた。

誰もいなくなった家庭科室で、拓己とひろは二人で椅子に座っていた。

いつの間にか雨は上がって、ひろが気がついたときにはシロは小さな白蛇の姿に戻っていた。今はひろの腕の中に収まっている。

拓己が頬杖をついて、ひろの方をちらりと見た。

「クラスで打ち上げあるんやろ、ええんか？」

「うん。椿ちゃんが言っておいてくれるって」

本当は少し行きたかったのだけれど、藤乃とうさぎを放ってはおけない。うさぎはあと一匹残っている。あの調子で学校内を荒らされてもたまらない。

ひろと拓己は藤乃を待っていた。もうすぐ約束の時間だった。

ひろは腕の中のシロに問うた。

「やっぱり真崎先輩のお菓子って、シロたちにとって特別なものなの？」

「ああ」

シロはうなずいた。

「たぶんあの木型が特別なんだな。ずいぶん古くていい型だ。昔から腕のいい職人に使われて、型が力を持った。そんなところだ。あの女の手にはまだ余っているが——」

シロはすんと鼻を鳴らした。あのどさくさに紛れて、シロは割れた干菓子をいくつか藤乃にもらっているのだ。

「そのうち使いこなすんじゃないか」

それはシロにしてみれば、最大限の褒め言葉だった。

しばらくして藤乃が呼びに来た。目がうっすらと赤く、目元も少し腫《は》れているような気がした。泣いたのかもしれないと思ったけれど、ひろは触れなかった。

「あれ、もう一人のお兄さんは帰らはったんかな」

シロのことだ。今はひろの鞄の中に押し込まれている。ひろがうなずくと、藤乃はそう、とつぶやいてひろと拓己を茶室へ案内してくれた。

案内された茶室の扉を開けて、ひろは一瞬立ち止まった。

この間訪れたときと、ずいぶん趣がちがって見えたからだ。

しん、と静まりきった静謐《せいひつ》な気配がする。どこかで湯が沸く音が小さく聞こえていた。

部屋の中に半分だけ整えられた畳の茶席は、四畳半。奥に床の間があって、掛け軸が飾られている。

湯が沸いている音は、その傍の釜《かま》からだった。

「部室やと火ぃ入れられへんから、ＩＨなんやけどね。趣も何にもないけど、そこは目え瞑《つむ》って」

藤乃がひそやかに笑って、釜の横に腰を下ろした。

ひろと拓己は互いにちらちらと視線を交わしながら、それぞれ隣り合わせて正座をした。

「……拓己くん、茶道ってやったことある？」

拓己が首を横に振った。心なしか拓己も緊張しているように見える。二人してそわそわしているのがわかったのか、藤乃が緩く笑った。

「あんまり気にせんで楽にしてや。わたしもお点前《てまえ》あんまり上手やあらへんし。でもたぶん大事なのは……そういうことやあらへんのよ」

そう言いながらも、藤乃の手つきはずいぶん慣れているようだった。茶杓《ちゃしゃく》や茶筅《ちゃせん》を扱う指先までが美しく、じっと見入ってしまう。

菓子をすすめられて、ぎこちない動きでひろも拓己もそれをいただいた。

藤乃が茶を点《た》て始めると、ふわりと茶の匂いがした。

すう、と胸の奥までその匂いを吸い込んだ。抹茶《まっちゃ》の匂いは不思議だ。どこか懐かしくてそれだけでほっと肩の力が抜ける。

それで、少し余裕ができた。

茶席をゆっくりと見回す。床の間の掛け軸を見てひろは少しだけ微笑んだ。あれは椿の字だ。

『掬水月在手』

手のひらにすくった水に、月がうつる様をいうのだという。掛け軸の前には濃紺の一輪挿し。そこには薄が一本揺れている。

ひろはもしかして、と先ほど出された菓子の皿を思い出した。

菓子の皿には、濃紺の地に水を刷いたような透明感があった。その上に白くて丸い練り切りが一つ乗っていたはずだ。表面にさざ波のような文様があった。

藤乃の手元には紫紺《しこん》の茶碗《ちゃわん》がある。よく見ると白い粒がきらきらと光って見えて、それは宵闇《よいやみ》に散る星によく似ていた。

茶道も菓子の世界も、すべては見立てだ。

掛け軸と菓子は水にうつる満月、薄に、宵闇の茶碗。

「……十五夜だ」

ひろがそうつぶやくと、藤乃が静かに微笑んだ。

今この四畳半だけ、世界が切り取られているような気がした。

宵闇に散る星々の真ん中に、煌々《こうこう》と輝く金色の満月が浮かんでいる。秋の涼しい風は薄を揺らすだけではなく、水面にうつる月の表面にも、さやさやとさざ波を立てた。

一年で一番美しい、満月の夜だ。

とん、と肩を叩かれて、ひろははっと我に返った。拓己が口元に人差し指をあてて、畳の端を指している。

そこに小さな白いうさぎがいた。

ひょこりと顔を出したうさぎは、てん、てんと畳を踏んで席の中に入ってくる。

――こよいの　つきよ　うつくしき　われらが　つきよ

うさぎの声は歓喜に満ちていた。

白い耳をふるふると震わせる。赤い目がせわしなく動いて、ぐう、と後ろ足で精一杯伸び上がった。

それはまるで、あるはずのない金色の月にそうっと寄り添っているように見えた。

――さいごの　わかれを

ふと気がつくと、うさぎは小さな干菓子になっていた。

藤乃が立ち上がって、その干菓子を手のひらに乗せる。優しく胸の前に握り込んだ。

「……この子ら、たぶん佳宵さんを探してたんやと思う」

畳に膝をついて、藤乃は一度唇をぐ、とかみしめた。

「この十五夜の誂えは、佳宵さんが一番好きやった。――『佳宵』てね、秋の一番美しい月夜のことなんよ」

このうさぎたちは、失ってしまった主《あるじ》を探していたのだ。

あの月でもない。この月でもないと探し求めて、ようやく見つけた。

たった一つ、一番大好きで、美しい秋の月を。


茶室の前で、ひろと拓己は、藤乃が鍵をかけるのを待っていた。

「……お父さんにちゃんと言うわ。うちが佳宵さんの跡継いで、型使うて」

藤乃の鞄にはあのうさぎの型が入っている。

「また逃げてしまうかもしれへんけどね」

「大丈夫だと思います」

ひろは藤乃に笑ってみせた。

「ちゃんと、最後のお別れを言えたみたいだから」

うさぎが最後に佳宵に別れを告げていたのを、ひろは聞いた。うさぎたちにとっても、佳宵との別れは突然だったのだろうと思う。

最後に一度、きっとどうしても会いたかったのだ。

道具は誰かに使われ続けていくものだ。あの木型はじきに藤乃に馴染むだろう。なんといっても、シロが褒めるほどの腕前なのだから。

藤乃はひろを見つめて、小さく息をついた。

「……そう」

それはやっぱり寂しそうだったけれど、何かを吹っ切ったような、そんな声だった。

職員室に鍵を返すのを見届けた後、拓己がふと藤乃に問うた。

「その型て、お父さんがしまい込んだはったんやろ。話聞いてたら、だいぶ厳重に管理したはったみたいやけど、どうやって持ち出したん？」

藤乃は、少しだけ目を泳がせた。鞄を持つ手に力がこもる。

「……わからへんの」

「え……？」

ひろは、顔を上げた藤乃がひどく不安そうな目をしているのに気がついた。

「……知らん女の人がくれはったん。お父さんはたぶん……気づいてへんと思う。あの人……あのうさぎとかと同じような、人間やあらへんのとちがうかな」

ひろと拓己は顔を見合わせた。

美しい女性だったと、藤乃は言った。

けれど人間の気配ではなかった。恐ろしいものだとわかっていたけれど、差し出された佳宵の菓子型を、どうしても使いたかった。

「この型で菓子を抜いて渡せて言われて……その場で六つ、和三盆を作って渡したんよ」

藤乃はわずかに震える唇をかみしめた。

「すごくきれいな銀色の髪で——お月様みたいな、金色の目をした女の人やった」

——花薄だ。

ひろの鞄の中で、ごそりとシロが動く気配がした。


次の日の午前中は、学祭の撤収にあてられていた。学祭前の賑やかながらせわしない雰囲気とはちがって、どこかのんびり和気藹々《あいあい》としている。

ひろはゴミ袋を抱えて、廊下側の窓の横で、衣装を畳んでいた椿の傍にこっそりと逃げ込んだ。窓からは、隣のクラスの砂賀陶子《さがとうこ》がひょい、と顔を出している。陶子は陸上部のエースで、クラスTシャツにハーフパンツ、その下からはすらりと長い足が伸びていた。

「ひろ、お疲れさん」

「大変そうだねえ」

椿が肩を震わせて苦笑する。

「……わかってたけど、朝からすごかったよ」

ひろのもとには、朝からひっきりなしに人が訪ねてきていた。内容は、おおむねシロと拓己のことだ。

謎の美丈夫と噂の清尾先輩は知り合いで、二年生に関わりのある女がいるらしいと、まことしやかにささやかれているそうだ。

陶子が窓枠に手をついて、身を乗り出した。

「うちも見たよ。陸上部の模擬店の横通っていったもん。帽子かぶってたけど、あの銀髪は目立つよ。みんな二度見してたし……清尾先輩と並ぶとえらい迫力やった」

ひろは頭を抱えて座り込みたい気分だった。

椿が衣装を畳む手を止めた。

「……ひろちゃん、あの人、親戚ってほんま?」

椿の黒い瞳がじっとひろをうかがっている。先ほどまで茶化すような視線をよこしていた陶子も、いつの間にか真剣な目でこちらを見つめていた。

ひろは、唇を結んで首を横に振った。

「……ごめん」

シロが何者かは、ひろだって正直なところよくわからないのだ。けれど椿と陶子にはそれで伝わったようだった。

陶子がふ、と笑う。それだけで緊張していた空気が、ほっと緩んだ。

「わかった。でも、親戚ってことにしといてええんやな?」

「……うん」

それ以上何も聞かない友人たちに、ひろは心の内で感謝した。

椿がふいに顔を上げた。廊下の先を視線だけで指す。

ひろは顔を上げて目を見開いた。廊下の向こうから、こちらをうかがっている人がいる。

陶子が眉をひそめた。

「あれ、吹奏楽部の人?」

一度ひろを訪ねてきた結香の先輩だ。ひろが息をのんでいる横で、椿が手短に陶子に経緯を説明していた。

刺すような視線はまっすぐにひろを向いている。

この間結香といたときの、曖昧《あいまい》なそれではない。痛いぐらいに感じるこれは、たぶん敵意だ。

吹奏楽部の先輩は、そのままふいと姿を消してしまった。

ひろは相当緊張していたのだろう。無意識にかみしめていた奥歯がじんじんと痛い。

「ひろちゃんも、そろそろちゃんと考えんとあかんかもしれへんね」

顔を上げると、椿も陶子もひろの方を向いている。

自分の心をまっすぐに見つめたら、何が見えるのだろう。

それはとても難しくて苦しいことだけれど。もう逃げてはいられないのかもしれない。
ひろは震える指先を、そっと手のひらの中に握り込んだ。

三
桃源郷の終わり

1

十月も終わりにさしかかろうかというその日。ひろは学校が終わったその夕方から、清《きよ》花蔵《はなくら》の手伝いで走り回っていた。

「ひろちゃん、大手筋《おおてすじ》のスーパーに、お使い行ってきてくれへん?」

拓己《たくみ》の母、実里《みさと》がエコバッグと財布をまるごと、ひろに投げてよこす。あわてて受け取っている間に、実里が納戸に向かって叫んだ。

「拓己、拓己ー!」

その間も実里は一瞬も止まることがない。大量の米を洗い猛烈な勢いで野菜を刻みながら、片手間にグリルに魚を突っ込んでいた。

「何、呼んだ?」

納戸から拓己が顔を出した。肌寒い季節だというのに、カットソーの袖《そで》を肘《ひじ》の上までまくり上げている。八百屋《やおや》から運び込まれた大量の野菜が入った段ボールを、納戸に詰め込んでいる最中だった。

「ひろちゃんとお使い行ってきて! 欲しいもんメモ入れたあるから」

「こっち終わってへん——」

「早《はよ》う！」

「わかったわかった」

拓己がくしゃくしゃと髪をかき混ぜながら、ひろの手から財布を預かった。額《ひたい》にうっすらと汗をかいている。手の甲でそれを拭《ぬぐ》った拓己は顔をしかめた。

「ひろ、着替えてくるから待ってて」

ひろはうなずいて一人、清花蔵の店の表から外に出た。

途端にとろりと甘い匂いがする。米麹《こめこうじ》の匂いだ。

寒造りの造り酒屋は、これから仕込みが始まるという蔵が多い。街に染みついたこの麹の匂いが、ひときわ濃く香る時期だ。仕込みが始まるより少し前に、この春までに仕込んだ酒を市場に出す時期でもあるから、造り酒屋の間では賑やかな季節だった。

ちょうど一年前、ひろがここに引っ越してきたときも、出迎えてくれたのはこの甘い匂いだった。空も一年前と同じ、高く澄みきった青。白い雲が刷毛《はけ》で刷《は》いたように薄く長く伸びている秋の空だ。

「——お待たせ……どうしたんや、そんな深呼吸して」

着替えたカットソーにグレーのパーカーを羽織った拓己が、怪訝《けげん》そうにひろをのぞき込んでいた。

「……もう一年経《た》ったんだなあって思って」

拓己は少し考え込むような素振りをして、喉《のど》を震わせるように低く笑った。

「──一年間、お疲れさん。これからもゆっくりいこや」

拓己の手が、とんとひろの肩を叩いて、先に歩いていく。それをぼうっと見送りながらひろはその場から動けなかった。

それは、ずるい。

麴の甘い匂いも秋の空も全部どこかに吹き飛んでしまう。

拓己が振り返って首をかしげた。

「どうしたん、ひろ。行くで。早《は》よせな母さんがうるさいから」

ひろはあわてて拓己を追いかけた。

今自分がどういう顔をしているのか、ちっともわからない。ただ心の中にどうしようもない何かが燃えていて、きっとひどく赤いのだろうな、ということだけがわかった。

休日の大手筋商店街は、たくさんの買い物客であふれかえっていた。

「やっぱりせわしないなあ、この時期は」

スーパーでカートに肉のパックを山のように放り込みながら、拓己はため息をついた。

片手にひっきりなしに震えるスマートフォンを握りしめている。実里から追加の買い物が次々と飛び込んできているのだ。

「実里さん張り切ってるね。忙しそうだけど、すごく楽しそう」

「ここからが本番やからな」

十月になると清花蔵には杜氏《とうじ》と蔵人《くらびと》たちが戻ってきた。季節労働である彼らは、故郷でそれぞれ四季醸造《じょうぞう》の酒造りや農業に携《たずさ》わっていて、こうして時期になると清花蔵にやってくる。

今年の春までに仕込んだ新酒を市場へ出し、仕込みの準備が終わると、清花蔵では毎年、今期の始まりを祝って盛大に宴会を開くことになっている。今年の宴会は、ひろもお呼ばれしているのだ。

一昨日あたりから実里は、その準備にかかりきりだ。

忙しい、と時折つぶやいているが、やっぱり生き生きしているようにひろには見えた。

ひろは乾き物のつまみを二袋ずつ、適当にカートに詰め込んだ。

「実里さん、やっぱりお料理好きなんだね」

実里はこういうとき、寿司《すし》以外で仕出し屋を頼んだり、惣菜《そうざい》を買ってそろえたりすることがほとんどない。一からすべて自分の手で作りたい人だ。

「好きなんもあるやろし、嫁入りしてきた先で大変やったのもあるやろ。うちのおばあさんも厳しい人やったらしいから」

買い物の合間に、拓己はぽつぽつと話してくれた。

実里は二十歳《はたち》を一つ二つ過ぎた頃に清花蔵へ嫁入りしたから、祖父母もまだ現役で、ずいぶんと大変だったらしい。

「うちのおばあさんが、母さんが農家の嫁やてずいぶん渋ったらしいし。父さんもほんまやったら見合いの予定やったらしいから」

祖母の態度が軟化したのは、長兄である兄が生まれてずいぶん経った頃だそうだ。

「まあ、おれが小さい頃に、じいさんもおばあさんも死んでしもたから、よう覚えてへんけど……母さんも大変やったと思うよ」

実里のあの爛漫《らんまん》な明るさは、彼女が身につけた生き残る術《すべ》だったのかもしれない。

少し沈んだ雰囲気を察したのだろうか。拓己がとりわけ明るく言った。

「まあ今は母さんも楽しんでるから。それに今日は庭の完成祝いも兼ねてるて、いつも以上に気合い入ってるみたいやしな」

清花蔵は道路を挟んで向かいに、工場を持っている。名前だけを蔵と呼んでいた。この秋、そこに拓己が手がけた小さな庭が完成した。宇治《うじ》の庭師、志摩《しま》に頼んで造ってもらったものだ。

すでにお披露目は済んでいて、戻ってきた杜氏や蔵人たちが、そのできばえをずいぶん褒めてくれたのだ。

ひろもその庭を見に行った。

蔵の端にある三角形の敷地に、白い砂利《じゃり》を敷き詰めてある。石畳《いしだたみ》の続く先には、清花蔵の仕込みに使う花香水《かこうすい》が竹筒から零《こぼ》れ落ちて、石の器《うつわ》に注いでいた。

庭には季節の草花がたくさん植えられていた。

これからの時期は葉の端がほんの少し色づき始めた、二本の紅葉《もみじ》が見頃になるだろう。春はしだれ桜が、夏には池に蓮《はす》を植える予定だという。

この仕事は拓己の第一歩だ。

拓己は前に進んでいる。ひろも這《は》って進むような速度だけれど、その後を追いかけていきたい。いつか隣に立つために。

その夜開かれた清花蔵の宴会は盛大だった。

一番の大皿には、天ぷらがどんと並ぶ。椎茸《しいたけ》、舞茸《まいたけ》、シメジ、薄切りの松茸《まつたけ》までがさくりとした薄衣をまとうキノコづくし。さらに魚介は牡蠣《かき》と鯛《たい》と海老《えび》、野菜は南京《なんきん》と薩摩芋《さつまいも》、衣を半分だけつけた大葉だ。

庭では七輪を三台出して、拓己と蔵人たちがひっきりなしに何かを焼いていた。ハマグリ、大アサリ、帆立《ほたて》、イカに、タレにつけた鶏肉《とり》。ひろも輪切りの蓮根《れんこん》や大きな椎茸に、出汁《だし》をほんの少し混ぜた醤油《しょうゆ》を、刷毛で塗る役目を仰せつかった。

手伝いが一段落ついた頃。

「ひろ、自分もちゃんと食べや」

拓己が、ほとんどほったらかしだったひろの皿に、大ぶりの椎茸を乗せた。上を向いた笠《かさ》の裏側に醤油と出汁がふつふつと煮えている。

「ありがとう。あ……でも、実里さんが次の皿を取りに来てほしいって」

「おれが行くから、ひろは食べとき」

箸《はし》を置いて縁側から駆け上がろうとした拓己を、ひろは制した。

「わたしが行くよ。でも椎茸も食べる。あ、そうだ、おつまみも足りてないよね。実里さんに頼んでくるね」

「空きビンほったらかされてるから、足元気ぃつけて」

ひろはいったん縁側に皿を置いて、ぱたぱたと走っていった。

その姿を目で追って、拓己はわずかに眉をひそめた。

「走るな、転《こ》けるて……」

「心配しすぎやて、拓己」

日本酒やビールのビンを好き勝手開けている蔵人たちが、いつの間にか拓己の傍に集まっていた。ニヤニヤと拓己の肩をつつく。

「それぐらいでええんです。あいつ危なっかしいし。ついこの間かて、増水した派流《はりゅう》に降りようとしよるし」

ははは、と七輪の番をしていた杜氏が笑った。

清花蔵の一番の古株で常盤《ときわ》という名だ。祖父の代から清花蔵の酒造りに関わってくれている。ここの杜氏も世襲制だから、『清花』は清花蔵と常盤の家系が造り続けていることになる。

「拓己かて、小さい頃は大変やったやろうが」

柔らかな口調には、北のイントネーションが混じっている。拓己にとって、常盤は早々に死んでしまった祖父の代わりのようなものだった。

周りの蔵人たちがどっと笑った。

「そやなあ、入ったあかんて蔵に勝手に入ったり、麴触って正《ただし》さんに怒られたり」

「瑞人《みずと》は修学旅行に行った言うてるのに、兄貴がおらへんて一晩中大騒ぎしたりな」

「……兄貴のことはええんです」

拓己はむっとつぶやいた。

拓己には十ほど年上の兄がいる。瑞人という名だ。東京でＩＴ関係の仕事をしていて、蔵に戻ってくるつもりはないと言っていた。この兄と拓己は、どうも折り合いが悪い。

常磐が日本酒のビンを片手に豪快に笑った。

「図体だけ大人になっても、やっぱりおれらのかわいい坊主や」

まったく、と拓己は心の中で悪態をついた。自分の幼い頃を知っている大人ほど、やっかいなものはない。

常磐はニヤリと笑った。ずいぶんな歳《とし》とはいえ、体つきも大きくしっかりとしている。酒造りに携わるものの腕の太さも健在だ。

「そんなうかうかしてると、ひろちゃん持っていかれんで」

常磐の言葉は、拓己が自分でも驚くほど深く胸に突き刺さった。

「……何言うたはるんですか」

拓己の心を知ってか知らずか、蔵人の一人が、ぱかりと開いたハマグリに醤油をぽたぽたと垂らす。

「半年経って帰ってきて、ひろちゃんびっくりするぐらいしっかりしたもんなあ」

そんなこと、とっくに知っている。

「最初は目ェも合わせてくれへんかったのに、実里さんのお手伝いか知らへんけど、お酒あるか、とか聞きに来てくれるんやで。ほんま孫みたいや」

「美人になると思うんやけどなあ」

「蓮見《はすみ》神社の誠子《せいこ》さんとこの子やろ。誠子さんも美人やったもんな」

女の子はこれからだ、とニヤニヤした大人にしたり顔で言われて、拓己は自分が不機嫌になっていくのがわかった。

無言で七輪の下から、うちわでばたばたと扇《あお》いだ。

「あ、こら拓己！　火ぃ強い！」

「……そんなハマグリ、焦《こ》げてしまえばええんです」

「阿呆《あほ》、ハマグリさんに罪はないやろうが！」

ぎゃあぎゃあと軽口の言い合いでごまかしておく。

拓己がふと顔を上げると、ひろが台所から戻ってくるところだった。片手に皿を、もう片手にはつまみの袋をいっぱい抱えて、よたよたと歩いている。

「お待たせしました、実里さんからです」

皿に乗った秋茄子《なす》の牛バラ巻きを、開け放たれた食事の間の机にどんと置いた。群がる蔵人たちと何事か笑いながら話している。背筋がピンと伸びていて、あれはたぶん緊張してるのだろう。けれど一生懸命話そうとしているのがわかった。

楽しそうだ。一年前とはちがう。

ひろがふいにこちらを向いた。

縁側に置いたままの椎茸が気になって仕方ないのだろう。そわそわとこっちを見ている。

拓己が手招いてやると、ひろはぱっと顔を輝かせた。

ひろがこちらに駆けてくる。それだけで、夕闇《ゆうやみ》に沈んだ庭がほわりと明るくなったような気がした。洋灯《ランプ》にそうっと灯《とも》る、あたたかく揺らぎのある、それでいて安心するような光だ。

ああ、くそ。

拓己は心の内で、苦々しげにそうつぶやいた。

幼馴染《おさななじ》みの子が、拓己のことをそんな風に思っているはずがない。いつも眩しいものを見るようなきらきらした瞳でこちらを見ているから。

一番近くではなくて、後ろでそっと背を押してやれるような人でなくてはだめだ。

おれはそうでなくてはいけない。

——何か、とてもきれいなものが聞こえた気がした。

ひろはふと目を覚ました。見覚えのない天井が目に入って、一瞬混乱する。

ぼんやりと半分覚醒《かくせい》した頭で、昨日は清花蔵に泊まったのだと、ひろはようやく思い出した。

宴会の途中で、はな江《え》から今日は帰れないと連絡があったのだ。次の日が休みだったこともあって、そのまま実里の勧めで清花蔵の客間に泊めてもらうことにした。

身を起こして時計を見ると、まだ真夜中だった。

大人たちの宴会は終わったのだろうか。ひろと拓己が途中で抜けた後も、ずいぶん遅くまで声が聞こえていた。

ひろはあたりを見回した。何かが聞こえたような気がしたのだ。

じっと耳を澄ませる。かすかな声が聞こえた。

――おかの　うえに　まつを……

声とともにしとしとと雨の降る音がして、ひろはわずかに眉をひそめた。ここしばらく、雨の降る予報はなかったはずだ。

次の瞬間、どうと強い風が吹いた。途端に雨が激しくなる。

おかしい。ひろは布団から跳ね起きた。

風に乗って声が大きくなる。


——月かげゆかしくは　南面《みなみおもて》に池を掘れ　さてぞ見る　琴《きん》のことの音《ね》聞きたくは　北の岡の上に松を植ゑよ——


花薄《はなすすき》の声だ。

ひろはあわててカーディガンを羽織った。客間の障子《しょうじ》を開けるとそこは縁側だ。清花蔵の庭はじっと闇に沈んでいる。

声はその向こう側——内蔵から聞こえる気がした。

身を翻《ひるがえ》して廊下に飛び出す。二階へ続く階段を駆け上がった。拓己を呼びに行くことにしたのだ。

部屋の外からひろが声をかけると、拓己はすぐに起きてきてくれた。

やや寝ぼけた様子で顔を出した拓己は、花薄の歌が聞こえると言ったひろに眉をひそめた。廊下の窓から外に目を凝《こ》らす。

「えらい雨降ってるな。白蛇《しろへび》は？」

「来てないよ」

「そうか。ようわからんけど、内蔵から声聞こえるんやな。何かされてたら困るしな」

内蔵の樽《たる》の中には、今年はまだ新酒が入っている。

拓己は部屋着の上からパーカーを羽織って、先に立って階段を下りた。玄関に寄って傘を取り、二人で中庭から奥の庭へ向かう。

奥の庭にある内蔵は、黒々とした夜闇に浸っていた。黒い焼きの入った板で覆《おお》われていて、戸口にはぐるりとしめ縄《なわ》が巻かれている。

雨も風も強くなるばかりだ。ごうごうと吹き抜ける風に、蔵がぎしぎしと鳴っているのがわかった。

拓己がゆっくりと蔵の入り口を開けた。手を伸ばして壁にある電灯のスイッチをつける。真っ白に浮かび上がる空間に、二つの人影があった。

一人は花薄だ。

濃紺《こん》の振り袖に、星を散りばめたような銀糸の縫《ぬ》い取りがある。長い銀色の髪、月と同じ金色の瞳。淡く色づく唇から、柔らかな抑揚の歌がこぼれる。

花薄の細く艶《あで》やかな指先が、宙をなぞった。

その途端、いっそ暴力的なほどの風が、どうと蔵を震わせた。

もう一人はシロだった。

つまらなさそうに目を眇《すが》めて、腕を組んだまま蔵の柱にもたれかかっている。ひろと拓己を見つけて背を柱から離した。

「ひろ、夜中にどうしたんだ。今日は冷えるぞ。そんな薄着で」

ひろの傍に歩み寄って、横の拓己をじろりと睨《にら》みつける。

「仕方ないから、跡取りの上着を借りろ」

この空間で、シロばかりがいつもの調子だ。

「花薄の歌が聞こえたの。内蔵だと思ったから拓己くんも一緒に……。シロはここにいたの？」

ひろと拓己は、困惑したままシロと花薄を交互に見つめていた。

「おれも今来た。いいからひろは戻れ」

そのとき、花薄の唇がふるりと震えた。かすかに笑ったようだった。

「――シロ？　お前のことか、指月《しげつ》」

薄い唇が皮肉気につり上がる。

指月はシロの名前だ。

ひろが幼い頃、蓮見神社の境内《けいだい》で出会った小さな白蛇に『シロ』と名付ける前。その白蛇は『指月』と名乗っていた。

指月はかつて、京都の南に広がっていた大きな池に棲《す》む水神だった。白い龍《りゅう》の姿を持ち、黒曜石のように艶《つや》やかな爪で空を裂き、月と同じ金色の瞳でこの都を見つめ続けてきた。

——この地では四つの月を見ることができる。

空の月、川の月、池の月、そして酒を注いだ盃《さかずき》にうつった月。四月——転じて指月。誰かが観月の名所であるこの地をそう呼び始め、かつてのシロもそれを名乗った。

「ひろにもらった名だ。あの日からおれはシロだ」

シロは花薄に視線を向けることもない。花薄がふ、と吐息のような笑いをこぼした。

「ずいぶん安い名で呼ばれているのだな」

シロが舌打ち交じりに、花薄を振り返った。

「『清花』の蔵に何の用だ。ここの酒は贔屓《ひいき》が多いからな、下手に手を出すと面倒だぞ」

神酒《みき》『清花』は、シロのようなものたちが好む酒らしい。特にこの内蔵の酒は、たくさんの神社や寺に納められていた。

「近々貴船《きぶね》で婚礼がある。祝いの酒を探しに来た」

花薄がすう、と息を吸った。

「いい香りだ。これをもらっていく」

シロが鬱陶《うっとう》しそうに腕を組んだ。

「その調子で、あの娘に菓子を作らせただろう。うさぎの菓子を六つ。どういうつもりだ、花薄」

花薄が薄く笑った。拓己とひろを値踏みするように瞳がきゅうと細くなる。

ひろは背筋がぞくりと粟立《あわだ》つのを感じた。

硬質の金色の瞳は、シロがつまらないものを見るときの目にとてもよく似ている。ひろは思わずシロの着物の袖をつかんだ。

シロがとろりと微笑《ほほえ》んで、ひろの手を取った。

「大丈夫だ、ひろ」

今まで何の興味もなさそうだったシロの瞳が、蜂蜜《はちみつ》のようにとろける。

花薄の白い両手が、己《おのれ》の胸をかき抱くように組み合わされたのを、ひろは見た。

「無様よな、指月。枯れ果てた地にしがみついて朽ちるつもりか？　そんな人間の女がつけた安い名に縋《すが》るなど愚《おろ》かしい」

外の風は花薄の激情のままに、どうどうとうなりを上げている。

シロは花薄がどれだけ言葉を重ねても、全く関心がないようだった。シロたちは大切なものとそうでないものが、とてもはっきりしている。そこからこぼれたものには、何の興味もないと言わんばかりに。

シロは外の風に怯《おび》えているひろを気遣わしげにじっと見て、それから鬱陶しそうに目を眇めた。

その途端、外の風の音がふつりと途切れた。

「おれが必要なものはすべてここにある」

花薄が唇を結んだ。

見ているだけで苦しくなるほど花薄の瞳は饒舌《じょうぜつ》だ。その金色の奥に深くよどんだ憎悪が見える。その感情に飲み込まれそうになって、ひろはその瞳から目をそらした。

「はは、あはは……指月、地が涸《か》れて満足に姿も変えられなくなった哀れな月に、わたしが貴船の恩恵をくれてやろうか」

花薄はくすくすと笑うと、長い袖を翻した。

「──北にはすべてがあるぞ。豊かな水も豊潤な気も、何もかも」

長い睫《まつげ》がふと降りる。月が薄雲に隠れたようだった。

「わたしはまたこの地を涸らすぞ、指月」

内蔵の扉がはじけるように開いた。どうと風が吹き込んでくる。

シロと拓己が同時にひろを抱え込んだ。蔵の中に風があふれる。めちゃくちゃに吹き荒れる嵐の中、ひろがそれを見たのは偶然だった。

風に濃紺の振り袖をなぶられながら、花薄が薄い唇で、確かにその名を呼んだのだ。

「――指月」

風に散らされたそれは、シロまで届いただろうか。

小さな鈴がちりんと鳴るような、弱々しい声だ。

薄雲の下に隠された金色が、とろりととろけて見えた瞬間。もう一度強い風が吹いて、ひろは今度こそ目を瞑《つむ》った。

再び目を開けたとき、花薄はもうそこにはいなかった。

残されたのはぐちゃぐちゃに荒らされた内蔵と、眉をひそめるシロ。そして、それを見つめる拓己の啞然《あぜん》とした表情だけだった。


朝起きると、頭の芯がずんと重い気がした。夜中の騒ぎからあまり眠れていないのだろう。客間の外で誰かが話している声がして、ひろは着替えて廊下に出た。

廊下では拓己と、拓己の父、正が深刻そうな顔で向き合っていた。ひろは拓己の傍に駆け寄った。

「おはようございます」

「ひろ、よう寝れたか？」

ひろは曖昧《あいまい》にうなずいておいた。そう言う拓己の顔にも、うっすらと隈《くま》が浮いている。

拓己と正は、昨日の内蔵のことを話し合っているようだった。

荒れた内蔵の中を片付けなければいけない。拓己はまだ酒造りには関わらせてもらっていないから、片付けるにも蔵人たちの手が必要だった。

拓己は、夜中に物音がして内蔵まで確認しに行ったら、すでにそういう惨状《さんじょう》だったと説明した。シロのことも花薄のことも上手《うま》くぼかしてくれている。

「どんだけ持っていかはったんや」

正がため息交じりに問うた。

「……樽半分」

結局『清花』は、内蔵に二つある新酒の樽の内、一つが半分ほど減っていた。花薄が持っていったのだろう。

正がくしゃくしゃと髪をかき混ぜた。

「――仕方ない。最近は珍しいけど、昔はようあったて常磐さんも言うたはったし。神さんに喜ばれたんやと思とくわ」

そう言いながらも、正は額に皺《しわ》を刻んだままだ。

樽二つ分しか仕込んでいない内蔵の『清花』は、あちこちの寺や神社に奉納することが決まっている。それが早々に四分の一もなくなってしまったのだ。

難しい顔をしたまま、正が台所へ行ったのを見届けて、拓己がひろを見下ろした。

「次白蛇に会ったら、花薄のことはっきりさせた方がええな」

ひろもうなずいた。

「昔の知り合いだってシロは言ってたよね」

「ああ……ずいぶん、白蛇に恨みがあるみたいに見えたけどな」

あの憎悪の渦巻く恐ろしい瞳を思い出して、ひろは胸が苦しくなった。けれど同時に思い出したのは、あの最後に見た蜂蜜のような花薄の瞳だ。あれだけがひろの頭を離れない。

「この地を涸らす、みたいなことも言うとったし。腹の立つ話やけど、白蛇がおらへんかったらおれらで太刀打ちできへんしな。ひろも気ぃつけや」

ひろは神妙にうなずいた。

花薄の様子はただ事ではなかったから、拓己の言う通りしばらくは周りに気を配っていた方がいいかもしれない。

そう思ったときだった。

ひろのスマートフォンが着信を告げた。知らない番号からだ。まだ時間は朝の八時前。

ざわりとひろの胸の内を不安がかすめた。

血相を変えて病室に飛び込んだひろを、祖母のはな江は穏やかな顔で迎えてくれた。

「ひろ、よう来てくれたなあ」

「大丈夫ですか、はな江さん」

ベッドに駆け寄って声も出ないひろの代わりに、付き添いの拓己がはな江を気遣った。

はな江はいつもの着物ではなく水色のシャツのようなものを着せられていて、真っ白なベッドに上半身を起こしていた。

「右足えらいひねってしもたらしくてね。今のところそれだけやけど、何せ歳やからて、いろいろ検査しなあかんみたい」

それだけ、とはな江は言うけれど、頬《ほお》には大きなガーゼが、腕には包帯が巻かれていて見ているだけで痛々しい。ひろは力が抜けたように、すとんとベッドの横の椅子《いす》に座り込んだ。

電話をもらってからの清尾《きよお》家は大騒ぎだった。正も実里もそろってついてこようとしたのを、命に別状はない上に一般の面会日ではないからと、拓己がなんとか家に押し戻したのだ。

祖母が運ばれたのは、地元の病院ではなくて北区にある救急病院だという。

地下鉄に乗って病院に着くまでの間、気が気ではなかったひろは、祖母の意外とあっけらかんと元気な顔を何度も見て、ようやく息をついた。

こうやってはな江の顔をゆっくり見るのも久しぶりな気がする。

いつもきれいに結い上げている髪は、ほどかれて肩に降りていた。着物を着て立っていないだけで、祖母はいつもより年を取ったような気がする。なんだか無性に胸が騒いだ。

「何があったの、おばあちゃん」

はな江は少したためらった後、深く嘆息した。

「……わたしも、ようわからへんのよ」

椅子はひろに譲って、拓己はベッドの脇に立ったまま、はな江を見つめた。はな江はうなずいた。

「貴船ですか」

——貴船にある旅館から、はな江がその話を聞いたのは、春先のことだった。

どうも川の流れがおかしい。最初はその程度だったという。

「貴船はうちの神さんがもともといたはるとこでもあるし、水には関わりが深いから、そういう話は昔からようあったんよ」

貴船には風や雨、川を司《つかさど》る水神が棲んでいると言われている。高龗神《たかおかみのかみ》と闇龗神《くらおかみのかみ》という同神異名の神だ。

水が豊かな分、はな江への依頼も度々《たびたび》あった。特に川床の出る夏は多い。だから最初は、今年もまたこの季節が来たのか、ぐらいにしか思わなかったのだ。

けれど何度か貴船に通う内に、どうも様子がちがうことにはな江は気がついた。

川の水はあふれる寸前。貴船ばかり何日も止まない雨が降る。嵐のような風が吹きすさぶこともあった。

時季になってなんとか川床を出すことはできたものの、旅館や料亭の中には、夏の間にあふれる水で床が流されたところもあるという。

「ひと夏頑張って、ようやっと心当たりもできたんよ。その矢先やったん」

貴船からの終電を逃したはな江は、近くの旅館に泊まっていた。明け方ふと目を覚ましたはな江は耳を澄ませた。

歌が聞こえる。

はな江はすぐに着替えて旅館から外に出た。見上げると、木々の隙間《すきま》から見える山の稜線《りょうせん》が、濃い紫に色づいている。もうすこしすれば日が昇るだろう。

明け方の淡い光を頼りに、はな江は貴船の山を奥宮に向けて上がっていった。

「神社の奥宮の手前に旅館があってね。山に離れのお部屋を作ったはるところなんやけど。やっぱりそこからやて思た」

様子をうかがおうとしたはな江が、旅館に向かう貴船川の橋を渡ろうとした瞬間だった。ぶわりと風が吹いた。貴船川から吹き上がった一陣の強い風は、小さなはな江の体を吹き飛ばした。

──その話を聞いた瞬間、ひろは膝《ひざ》の上でぎゅっと手を握りしめた。

祖母の顔に張ってあるガーゼや、腕の包帯は、きっと道路に叩きつけられたり、転がったりしたときのものだろう。それを思うと体が震える。

はな江は手を伸ばしてひろの手を撫《な》でた。大丈夫や、と笑って言う。

「動けへんくなったとこを旅館の人が見つけてくれて、病院に運んでくれたんよ。すぐやったし、大丈夫」

今すぐ命に関わるようなことはないというので、夜が明けるのを待ってひろに連絡が来たのだ。

ひろは自分の呼吸が、浅く速くなっているのを感じていた。

確かに命には別状がないかもしれない。けれど足の怪我《けが》だ。検査の結果によっては、祖母の歳では、またちゃんと歩けるかどうかはわからない。

「――花薄だ」

ひろは口の中で転がすようにつぶやいた。

じっと黙り込んでしまったひろの代わりに、説明は拓己がしてくれた。シロのことは上手く隠して、清花蔵に現れた銀色の髪の女の話として。

はな江はしばらく何事か考え込んで、やがてひろの手をそっと撫でた。

「しばらく、貴船のお仕事はお休みやな。退院したらまた心当たりを当たってみるわ」

そうして拓己の方を向く。

「拓己くんごめんな。後で実里さんにも連絡しとくんやけど、しばらくひろをお願いできへんやろか」

「むしろ蓮見神社に一人放っとくなんて、母さんに怒られます。気にせんとゆっくり休んでください」

拓己とはな江が今後の話をするのを聞きながら、ひろは膝の上で、手のひらを握りしめていた。

花薄は貴船にいる。祖母に怪我をさせてシロに恨みを持っていて……貴船で何かをしようとしている。

ひろは今までにないぐらい、腹の底が熱くなっているのを感じていた。

2

ひろと拓己が貴船を訪ねたのは、次の週の終わりだった。

十一月に入り、朝夕の冷え込みは日に日に厳しくなっている。この寒暖差が紅葉の葉を鮮やかな紅《くれない》に染めるのだ。

叡山《えいざん》電鉄の貴船口駅に降り立って、ひろはふるりと身震いした。伏見《ふしみ》との気温差は、大きいときで十度にもなるという。夏は避暑地、冬は温泉地としても有名だった。

隣で腕を組んでいる拓己は、まだ少し不機嫌だった。

はな江の見舞いに行った先週、帰り道でひろは「貴船に行く」と言った。

貴船には花薄がいる。貴船で起きている異常は花薄の仕業かもしれない。少なくとも
——祖母に怪我をさせたのは彼女だ。

花薄を探しに行くと言ったひろに、拓己は当然のように反対した。

ひろにしては珍しく、一週間拓己を説得し続けた。結局このままでは勝手に一人で行ってしまうと判断した拓己が、渋々折れたのが昨日。拓己が一緒に行く、という条件だった。

「夜は絶対帰るからな」

拓己に念を押されて、ひろは神妙にうなずいた。

貴船口駅からはバスか徒歩だ。バスを待っている間、ひろは空を見上げた。

木々が道の左右から、折り重なるように空に広がっている。茶色く色づいた葉が風に吹かれて、ぱらぱらとアスファルトの道路に零れ落ちた。

葉の輪郭《りんかく》が切り取る空は、重くよどんだ灰色だ。厚い雲がぞろりと広がっている。伏見のあたりは青空だったから、これが貴船が悩まされているおかしなことなのかもしれない。

どうどうと川の音が聞こえる。傍を流れている貴船川だ。岸から川をのぞき込んだ拓己が、眉を寄せた。

「貴船てこんなんやったかな」

貴船の川はとうとうと流れる美しい清流だ。こんな風に、岸まで飲み込んでしまいそうな激流ではない。

白いしぶきが跳ね上がり、濁流《だくりゅう》となった水が流れ続けている。それが何か一匹の大きな生き物のように見えて、ひろはぞっとした。

バスを降りると、料亭や旅館がぽつぽつと見えた。川床のシーズンは終わってしまったが、これからの季節、貴船は美しい紅葉の名所になる。

貴船川の反対側には貴船《きふね》神社へ上がる石段があった。その左右を覆うように植えられた紅葉の木が、もううっすらと色づいていた。

葉は小さく繊細に切り取られた五指の先端から、淡い橙《だいだい》色に色づき始めている。空に近いところから中程までが橙色、そこから下は深い緑。一本の木の季節がゆっくりと塗り替えられていくように見えた。

紅葉の木を横目に坂を上り続けると、貴船神社の奥宮がある。その少し手前、道路を狭んで向かい側に、貴船川にかかる細い橋があった。

「……あそこだ」

ひろは反射的に震える体を叱咤《しった》した。

あそこが祖母が怪我をした場所だ。橋の先には古い門がある。その先の山の斜面に沿うようにぽつり、ぽつりと小さな離れが見えた。

木造の看板には、旅館『先富《さきとみ》』と記されていた。

「ひろ、とりあえず周り見てみるか？」

拓己の言葉に、ひろは首を横に振った。

「ううん。行く」

拓己の先に立って橋を渡る。門にかかる暖簾《のれん》をくぐった。

今なら何でもできそうだった。知らない人と話すのも、もしかしたら花薄と顔を合わせるかもしれないことも、今は何も怖くない。

話を聞きたいと言ったひろと拓己に、玄関先でよければと先富の主人は応じてくれた。

富松三吾《とみまつさんご》と名乗った主人は、ふくよかで人当たりのよさそうな男だった。ひろや拓己の父と同じ年頃だろうか。松の枝の屋号を染め抜いた紺の法被《はっぴ》をまとっていた。

「ようおこしやす」

ことさら丁寧《ていねい》にそう言った三吾の目を見た途端、ひろはぐっと息を詰めた。

三吾の口元は温和に笑っているのに、丸い眼鏡の奥の目はわずかに眇められているように見える。突然の訪問者を訝《いぶか》しんでいるというよりは、端《はな》からひろたちを歓迎していないのかもしれないと直感した。

「蓮見神社の人いうことでしたな。こないだうちの橋のとこで怪我しはった人、大丈夫やったやろうか」

ひろと拓己が騒がせた謝罪と礼を言うと、三吾は軽く手を振って肩をすくめた。

「うちはかまへんのです。せやけどあの人、ここのとこ貴船が荒れてるんを調べてくれたはったんやてね。ずいぶん長いことかからはって。うちに何回も来たはったけど……怪我したただけのことはあらはったんかな」

今のは皮肉だ。見上げた三吾の顔は穏やかな笑みのままだった。

何か言い返してやろうかと、普段のひろなら思いもしないことが頭の端をよぎる。祖母は仕事の手を抜いたりしない。無性に腹が立った。

拓己はひろより幾分大人だった。

「何回もていうことは、あの夜だけやなくて、蓮見さんは前も『先富』さんを訪ねてはったんですか？」

三吾はそこで初めて、表情を変えた。

「……バス停のとこに『きぶね庵《あん》』さんていう旅館があるんやけどね。そちらさんと馴染みがあるて、春ぐらいから一緒に調べてまわったはるみたいやわ。うちにもそれで……何回か来たはるよ」

うちだけやあらへんけど、と早口で付け足した。

拓己が話を続けてくれているのを横目に、ひろは少し考えた。

祖母は貴船の異常の原因に心当たりがあると言っていた。歌が——おそらく花薄の——聞こえたときに、祖母は「やっぱり」この旅館からだ、と思ったと言っていなかっただろうか。

歌が聞こえるより先に祖母は、この旅館に貴船の異常の原因があると思っていたのかもしれない。

「旅館の離れを見せてもらうことって、できませんか？」

突然のひろの申し出に、三吾は明らかに表情を変えた。

「うちとこの離れは全部、お客さんのお部屋になってます。予約も埋まってますさかい、お通しするわけにはいかへんのです」

三吾の顔から笑みが消える。

「——うちの宿に妙なもんがあるような言い方せんといてくれへんやろうか。うちは客商売やから」

そのときの三吾の表情を、どこかで見たことがあるとひろは思った。眉を寄せて隠すことなくひろたちを睨みつけている。それから仕事があるからと、ひろと拓己は早々に先富から追い出されてしまった。

貴船の奥宮をのぞむベンチに二人で腰掛けて、ひろは深くため息をついた。

「……見せてもらえなかったね」

「突然やったしなあ。それにあんまり関わりたくない、って感じやったな」

拓己が自販機で買ったココアを渡してくれる。あたたかいココアは、冷えた体にじんわりと染み渡った。

「花薄のことも貴船がおかしなったことも、あの旅館にあるんやろうと思うんやけど。はな江さんが頼んでもあかんかったみたいやしな」

三吾の表情をどこで見たのか、ひろは思い出した。

地蔵盆《じぞうぼん》だ。あのときの奈々《なな》を見る、近所の母親たちの顔だ。

不気味で気味が悪い、理解の及ばないものを見るような。怯えと恐れと嫌悪感をぐちゃぐちゃに混ぜたような瞳。

三吾ももしかしたら、祖母にそういう目を向けていたのかもしれない。

拓己や拓己の父のように、不思議なものがいる世界と普段の生活を無理なく重ね合わせられる人もいる。

でも本当は、そうではない人の方が普通なのだ。

祖母と拓己、拓己の家族。そして友人たち。この土地であたたかい手に触れてばかりだったひろは、それを忘れていたのかもしれない。

拓己が自分の缶コーヒーを飲み干して、スマートフォンを引っ張り出した。何度か操作して、ひろにその画面を見せてくれる。旅館『先富』のホームページだった。

「普通の部屋とは別に、離れが四つあるみたいやな。ホテルでいうスイートルームみたいになってて、ひと部屋に一つずつ、借景《しやっけい》を使った庭もついてるらしい」

借景は、見える自然をそのまま生かして庭を造ることだ。

ひろと拓己は同時に山を見上げた。先富の門から続く斜面に、一つずつ建っているあの小さな離れのことだろうか。

ひろは興味本位で予約のページに飛んだ。ひと部屋あたりの値段が表示されている。

「うわ……」

思わず声が出た。拓己も隣で苦笑している。

「そのへんのホテルのスイートの方が、よっぽどお手軽やな」

川の傍の静かな離れと、その部屋だけの美しい庭、贅《ぜい》をつくした料理と温泉。

「……それと、紅葉やなあ」

この時季の京都のホテルや旅館は、軒並み繁忙期で値上がりしている。普段の倍以上にもなるこの時季、先富の離れはそれでも予約で埋まりきっていた。

「お部屋四つもあるのに、この値段で全部埋まっちゃうんだね……」

予約ページを眺めていた拓己が、首をかしげたように見えた。

「ひろ、これ見てみ」

拓己が見せてくれたのは離れの予約表だ。次に予約が空いているのは、正月が終わった一月の十五日から。そこまでは満室ということだ。

しばらくカレンダーを進めながら、あれ、とひろも首をかしげた。

「このお部屋だけ、ずっと埋まってるね」

先富の離れは四つ。『飛雲』『山稜』『清流』は、それぞれ、部屋の名にちなんだ借景の庭があるという。

そしてほかより少し離れた場所に、最後の一つがあった。

その部屋はどれだけカレンダーを進めても、予約が入ったままだった。

「春あたりからずっと埋まってるみたいやな。ほかの部屋は人気あるいうても、オフシーズンやったらぽつぽつ予約できるみたいやけど」

「この部屋だけすごく人気があるってことかな」

拓己が考え込むように腕を組んだ。

「――この部屋、使えへんのとちがうやろか」

ひろと拓己は、はっと顔を見合わせた。

部屋の名前は――『桃源郷』。

中国の故事に出てくる、理想郷だ。

ひろはスマートフォンから顔を上げた。

「……聞こえる」

ぶわ、と風が吹いた。

——月かげゆかしくは　南面に池を掘れ　さてぞ見る　琴のことの音聞きたくは　北の岡の上に松を植ゑよ——

花薄の歌は、貴船の山々にこだまのように反射して、幾重《いくえ》にも重なって聞こえた。

ひろはベンチから立ち上がった。山の斜面を見上げれば、そこに先富の離れがある。斜面に沿うように、木々の間に三つ。そして一番上の高台に一つ。

ひろは、一番上のその離れを指した。

「拓己くん、あの一番上のお部屋ってもしかして……」

「……『桃源郷』やな」

花薄の声は、ひろと拓己がその場を去るまで、ずっと聞こえ続けていた。

はな江が入院している間、ひろはしばらく清花蔵の客間に寝泊まりすることになった。

蔵人たちとの賑やかな夕食を終えた後、客間に戻ったひろは、部屋の中でくるりと丸まるシロを見つけた。

「探してたんだよ、シロ」

そっとその体をすくい上げる。シロは緩慢にその鎌首《かまくび》を持ち上げた。

ひろの後ろから拓己が顔を出した。

「どこ行っとったんや、白蛇」

手にはコップと水差しを持っている。実里に言われて持ってきてくれたのだろう。

ひろは礼を言って、そのまま拓己を客間に迎え入れた。シロを挟むように座る。

「ばあさんが、花薄にやられたそうだな」

「うん……」

ひろはきゅっと唇をかみしめた。

「花薄もくだらないことを。おかげでひろが跡取りの家に泊まることになった。……それに、ひろのばあさんが帰ってこないのは少し困るな」

シロが舌打ち交じりにつぶやいた。拓己が意外そうに肩をすくめた。

「お前がほかの人間の心配なんか、珍しいな」

「ばあさんがいないと、神社に菓子がなくなる。あのばあさんは一つの季節に、同じ菓子は買ってこないんだ。ひろの松風《まつかぜ》以外は」

シロがむすりとそう言った。

蓮見神社にはいつも季節の菓子が用意されていた。洋菓子も和菓子も、はな江が贔屓の菓子屋でいつも買ってくるのだ。

シロの言う通り同じものは買わない。最初はひろとはな江の二人分だったのが、あるときから数が増えたことにも、ひろは気がついていた。

はな江は、ひろに会いに来るものの存在を――シロのことに、おそらく気がついている。それでいて何も言わずに、そのままにしてくれているのだ。

「――白蛇。お前、花薄に恨まれてるんとちがうんか」

拓己が腕を組んだ。

「花薄がお前に関係してる人たちを見境なく吹っ飛ばすつもりなんやったら、放っておけへんのやけどな」

花薄は伏見を涸らすと言った。貴船と祖母だけでは終わらないのかもしれない。シロは拓己を無視して、その金色の瞳でひろをまっすぐに見つめた。

「花薄にはもう関わるな」

「……そういうわけにはいかないよ」

はな江が怪我をしている。貴船にもおかしなことが起こっている。

祖母は今身動きが取れない。なんとかできるのはひろしかいないのだ。

ひろの体にはまだ熱が走り続けている。心が逸《はや》るのを感じた。

ひろが引かないと踏んだのか、シロがやがて小さくため息をついた。

「――九年前……ひろがおれに名をつけてくれた、あの涸れた夏は……花薄の仕業だ」

ひろは息をのんだ。地蔵盆のときに聞いた九年前の断水の夏だ。大人たちの記憶に焼きついている。

それはひどく暑い夏だったそうだ。

「花薄は貴船の水神だ。ずっと昔はいろいろ名前があったようだが、あいつはいつからか、花薄と名乗るようになった」

拓己が眉をひそめた。

「貴船の神さんいうたら、高龗神とかやなかったか」

「知らんな。花薄の昔の名前の中に、そういうものもあったのかもしれん」

花薄は風で雲を呼び雨を降らせることができた。人間は時折花薄に雨を乞い、それを戯《たわむ》れに叶えたり、逆に干上がらせたりしていたそうだ。

伏見の南に広がる巨椋池《おぐらいけ》――大池と都を潤《うるお》す川を棲み家にしていたシロとは、互いに長く生きる中で顔を合わせることもあった。

「互いに深く話をするわけでもない。あいつが気まぐれに降らせる雨で、大池がよくあふれていたから、たまに文句を言うぐらいだった」

途方もなく長い時間を、花薄とシロ——指月は、同じ土地で生きてきた。

シロはだが、とつぶやいた。

「花薄はどうやら、おれが気に入らないらしい」

長い時の中で、花薄と衝突することが何度かあった。最初は長雨や軽い日照り程度だったそれは、ときを追うごとに苛烈《かれつ》になった。

そうして九年前。花薄は伏見を涸らせたのだ。

「大池が埋められてからは、初めてだったな」

シロはどこか懐かしそうに、そうつぶやいた。

雨を絶ち川を涸らし、地下にたたえられていた水までもがゆっくりと失われていった。

池が埋め立てられてから、伏見の豊潤な地下水の中でほそぼそと生きていたシロは一気に渇いた。

水はシロの力そのものだ。

雨も降らず人の姿にもなれず、力を失って誰とも言葉も交わせなくなった。

わずかに残っていた地下水に身を寄せるようにして、ただ夏が過ぎ去るのを待ち続けていたその日。

シロは、ふと水の流れる音を聞いた。

宇治川の傍にある小さな神社だ。周りの地下水が涸れ果てても、蓮見神社の水だけが生きていた。

「たぶんここが貴船の恩恵を受けているからだ。だから花薄はここを涸らせなかった」

あの夏は貴船だけが豊かな水にあふれていたと、大人たちは言っていた。

シロは、その金色の瞳をとろりととろけさせた。

「そこでおれは、ひろに出会ったんだ」

小さな白蛇に、ひろは手ずから水を与えた。そこで交わした約束は確かにひろに『水神の加護』をもたらしたけれど――シロにも力を与えたのだ。

シロはひろの手にするりとすり寄った。冷たいうろこがひやりと手に触れる。

「あの夏からしばらく、花薄は眠っていたと思う。南の地を涸らすのは、いくら貴船の神でも荷が勝ちすぎる。本来おれたちの力は、元の場所に依《よ》るからな」

シロはひろに念を押した。

「いいかひろ。あいつに関わるな。理由は知らないが、あれはおれのことを嫌っている」

シロの言葉を聞きながらひろは心のどこかで、本当にそうだろうか、と思っていた。

確かに花薄がシロを見る目は、憎悪と恨みに満ちていたように思う。あのどろどろと渦巻いた恐ろしい金色の瞳を思い出すと、まだぞわりと鳥肌が立つ。

ではあの嵐の隙間に見せた蜂蜜のような瞳は、ひろの見間違いだったのだろうか。

いや、とひろは心の中で首を横に振った。

確かにひろは見た。

だったら何かもっと——……別の理由があったりはしないのだろうか。


その夜、清花蔵の客間でひろは目を覚ました。枕元ではシロがくるりと丸まっている。

「起きたか」

シロがゆっくりと鎌首をもたげた。金色の目が暗闇に爛々《らんらん》と輝いている。

「……うん。また歌が聞こえるね」

ひろは布団から起き上がって、シロをその腕に抱え込んだ。


——月かげゆかしくは　南面に池を掘れ　さてぞ見る　琴のことの音聞きたくは　北の岡の上に松を植ゑよ——


この風に乗って、花薄がまた貴船から降りてきているのかもしれない。

「心配ない。ここは貴船じゃないからな。おれがひろの傍にいる」

暗闇の中に響く花薄の歌は、恐ろしくもひどく美しく聞こえた。

長く伸びる声は甲高い笛の音にもちりちりとかわいらしい鈴の音にも似ている。聞き惚《ほ》れていると、腕の中でシロもゆらゆらと体を揺らしているのがわかった。

ひろはふと思い出した。

「シロが前に言ってた、すごく今様歌《いまようた》の上手い人って、花薄のこと？」

シロが腕の中から、ひろを振り仰いだ。

「……ああ」

「そっか。あの歌、すごくきれいだもんね」

あの南から来たという柳の女の歌も美しかったけれど、花薄のそれは群を抜いているとひろも思った。

「……花薄の歌を聞くとね、胸が痛くなるんだ」

短い歌詞と抑揚の中に、あふれんばかりの感情が詰め込まれている。花薄自身もそれを持て余しているような気がした。だから歌に込められたそれが零れだして、ひろの胸を締めつけるのだ。

無性に悲しくて、寂しかった。

「あれは何の歌なの？」

月や池、琴などそれぞれの単語はわかるけれど、言い回しが難しい。

「月を見たければ南に池を造れ。琴の音を響かせたければ、北の岡に松を植えろ。美しい庭とはこういうものだ、という様式美みたいなものだな。たいした意味はない」

そういうものだろうか。とひろは歌に耳を傾けた。

花薄はずっとこの歌を歌っている。

この切ない響きの理由がそこにあるようにひろには思えた。


次の日、バタバタと廊下を走る音でひろは飛び起きた。正と杜氏の常磐の声が重なって聞こえた。

「水が上がった！」

「役所から話来てるか？」

ただ事ではない雰囲気で、ひろはあわてて上着を羽織って廊下に飛び出した。拓己が血相を変えて駆け寄ってくる。

「ひろ、やられた……井戸から水が上がってこうへん」

異常は清花蔵だけではなかった。時間を追うごとに、この問題が広い範囲で起きていることがわかってきた。

朝食もそこそこに、ひろはとにかく制服に着替えた。鞄《かばん》を持ったまま客間でそわそわしていたひろのところへ、同じように大学へ行く準備だけをした拓己が駆け込んでくる。片手にスマートフォンを握りしめていた。

「ほかの蔵もあかんなってるらしいわ。裏の千治《せんじ》さんとこも……井戸水いう井戸水がやられてる」

このあたりで生きている井戸は、蓮見神社だけだ。疎水も派流も目に見えて水が減っている。

朝から大騒ぎで、災害の兆候か、何かの異常かと役所の人たちが駆け回っているらしい。

拓己が苦々しい顔でつぶやいた。

「……伏見を涸らすて、このことやろか」

ひろはざっと血の気の引く思いがした。

「……昨日、夜に花薄の声がしたの」

「九年前の夏と同じてことやな。白蛇の生きる場所を奪うつもりか」

このあたりの水は、シロにとっての生命線だ。

そのとき拓己のスマートフォンが鳴った。

「……志摩さんからや」

志摩は宇治の庭師だ。蓮見神社や清花蔵とは長い付き合いがあって、庭も手がけてくれていた。どうしてこのタイミングなのだろう。ひろは嫌な予感がした。

電話に出た拓己は、志摩と何事か話していたが、やがて怪訝そうに眉をひそめて通話を切った。

「……こないだ、志摩さんに蓮もろたやろ」

ひろはうなずいた。

志摩は今、宇治で巨椋池の蓮を再生しようと試みている。失われてしまった池から流れ出た蓮の種をもらって、いくつか自分の庭で育てているのだ。

今年唯一咲いた花を、わけあってひろがもらうことになった。花は咲かなかったものの葉が出た種はいくつかあるから、来年はもっとたくさん花が咲くだろうと言っていた。

「葉が出てた残りの蓮が、どこか行ってしもたて……」

「……え」

来年の約束が果たせないかもしれないと、志摩がわざわざ電話をしてくれたのだ。

ひろと拓己は同時に考え込んだ。

――これは偶然だろうか。

あの蓮はシロの蓮だ。失われてしまった美しく広大な大池――巨椋池の生き残りだった。

「……花薄は、白蛇から全部を奪おうとしてるんやろか」

拓己が低くつぶやいた。

ひろは客間の時計を見上げた。拓己もひろも学校へ行かなければならない時間だ。

「花薄に会わなくちゃいけない……なんとか、桃源郷のお部屋に入れてもらえないかな」

話はもう、シロと花薄だけの問題ではなくなってきた。

伏見の酒を仕込むには、地下に広がる巨大な水源からくみ上げる、香り高い水が要《かなめ》になる。どの造り酒屋も、これからたくさんの水が必要な時期だった。

玄関先で革のローファーに足を突っ込んで、ひろはじっと前だけを見つめていた。

深草《ふかくさ》へ行く拓己と、墨染《すみぞめ》で降りるひろは途中まで同じ電車だ。朝、駅までの道を一緒に歩くのはそういえば初めてだった。

「とにかく、もう一回はな江さんに話聞いた方がええかもしれへんな」

「大丈夫だよ、拓己くん。わたしがちゃんとなんとかする。おばあちゃんの代わりに」

無理でもなんとかしなくちゃいけない。

「……ひろ、大丈夫か」

拓己のあたたかな手がひろの肩を叩いた。ひろは反射的にその手を肩からそっと外した。

今その優しさはだめだ。何かが緩んであふれそうになる。

「大丈夫」

学生だらけの満員電車では、満足に話すこともできない。墨染でひろがなだれるように電車から降りた後。振り返った先で拓己が心配そうにこちらを見ていた。

ひろは無理矢理、視線を前に向けた。

昼休みになるなり、ひろは椅子を蹴《け》倒すように立ち上がって、隣のクラスに飛んでいった。

知らないクラスを訪ねるのは怖いけれど、それよりも足が、前に前に出たがっている。今の自分がやっぱりどこかおかしいと気づいているのだけれど、これ幸いと思うことにした。ためらっている暇はないのだ。

隣のクラスには陶子《とうこ》がいる。窓際の席にいた陶子は、ひろを見つけて寄ってきた。

「どうしたん、ひろ。一人？　珍しいな」

「陶子ちゃん、今日は大野《おおの》くん来てる？」

「大野？　いてるけど」

大野達樹《たつき》は、去年ひろと同じクラスだった男子だ。剣道部で拓己の後輩でもある。蛸薬《たこやく》師通《しどおり》にある『おおの屋』という高級旅館の跡取りだった。

祇園祭《ぎおんまつり》の頃に、ひろと拓己は達樹の宿を訪ねたことがある。ひろが同じ学年で、唯一なんとかまともに話すことのできる男子だった。

「大野くんを――」

呼んでほしいの、とひろが言う前に、陶子の後ろから別の男子が顔を出した。

「女子が大野に用事？　マジか！　隣のクラスの三岡《みつおか》さんやん」

「……あのなぁ」

陶子が何か言い返すより先に、ひろは自分の手のひらにぐっと力を込めた。今はそれどころではないのだ。

「おうちのことで、大野くんに用事があるだけなの」

きっぱりと言い切ったひろに、その男子も陶子も目を丸くした。ほとんどけんか腰だったからかもしれない。

陶子が眉を跳ね上げて、その男子を見やった。

「そういうことやから。この子からかうと、保護者がうるさいで」

「保護者？　なんやそれ。お前か砂賀《さが》」

「あんたら運動部が大好きな清尾先輩や。お向かいさんなんやて」

「げ……」

陶子とその男子がやり合っている後ろから、達樹が顔を出した。少し長めの髪を、ワックスで遊ばせている。

「どうしたん、三岡。おれに用事やて？」

そわそわと妙に落ち着きがない達樹を、陶子が冷めた目で見つめていた。

「残念やけどおうちの用事やて、大野。ひろ、廊下行ってき」

「……そうか」

肩を落としたように見える達樹を、ひろは廊下へ誘った。

達樹の家は古くから続く老舗《しにせ》の旅館だ。拓己の父がよく、酒蔵同士の会合へ出ているから、老舗の旅館もそういうものがあるのかもしれない。だから同じ旅館の先富に頼んで、あの『桃源郷』の部屋に入れてもらえないかと思ったのだ。

ひろの話を聞いて、達樹は腕を組んだ。

「先富さんか……貴船やな」

「やっぱり難しいかな」

「いや。うちのじいちゃんと話したはるの見たことある。じいちゃんに聞いてみよか」

達樹は軽くうなずいた。ひろはぺこりと頭を下げた。

「お願いします」

達樹は困ったように髪をかき混ぜた。

「鉢《はち》の件で世話んなったて、じいちゃんああ見えてえらい喜んでてな。たぶんなんとかしてくれるわ」

祇園祭のとき、おおの屋にあった瑠璃《るり》色の鉢の件で、ひろと拓己は達樹の祖父にも会っていた。確か大きな病気をして、もうすぐ隠居するという話をしていたはずだ。

「あれから、おじいさんは大丈夫？」

「ああ。あの鉢の件があって、なんやちょっと気力も取り戻してな。隠居したら丹波《たんば》で新しい商売やるんやて張り切ってる」

休むための隠居なのに、と達樹はぶつぶつとつぶやいていた。

ひろはほっと息をついていた。

「よかった……やっぱり、元気な方がいいよね」

達樹がややあって、ひろに問うた。

「あのさ……何かあったんか、三岡」

突然貴船の宿の部屋を見たいと言い出したひろに、達樹はここまで何も聞かなかった。

「……貴船でいろいろあって、おばあちゃんが怪我して入院しちゃったの」

答えにならない答えに、達樹はそうかとつぶやいただけだった。

おおの屋の鉢の件で、ひろがそういう不思議なものに関わっていることを、達樹は薄々ながら知っている。

「なんやわからへんけど……気ぃつけや」

聞かないままにしてくれる達樹の気遣いが、ありがたかった。

達樹がはたと顔を上げた。

「あれ、三岡んちておばあさんと二人暮らしやんな。てことは今一人なんとちがうんか？

……うちの宿空いてるけど、泊まるか？」

「おおの屋なんて泊まれないよ！　そんな高級なとこ……」

先富の離れほどではないけれど、おおの屋もひろでは到底手が出ないほどの高級旅館だ。

「お代なんかいらへんよ。おばあさんの入院終わるまで、ひと部屋ぐらいやったら空けてくれるて
から。おばあさんの入院終わるまで、ひと部屋ぐらいやったら空けてくれるて」

達樹はきっと、ひろのことを本当に心配してくれている。それはとてもありがたくて、
嬉《うれ》しいことだった。

「ありがとう。でも今は拓己くんのところに泊めてもらってるから、大丈夫だよ。おばあちゃんも、もうすぐ退院できるみたいだし。でもそう言ってくれるのは本当に嬉しい」

「……あー……清尾先輩んとこに。……そうかぁ……そうやんなあ……」

窓枠にぐったりもたれかかって、達樹が髪をぐしゃぐしゃにかき混ぜた。

予鈴が鳴って、肩を落とした達樹が言った。

「まあ……おれも何かあったら協力する。なんでも言うてや」

「ありがとう、大野くん。でも……これはわたしが頑張らないといけないんだ」

ひろは達樹の横をすり抜けて、自分の教室へ戻った。その背を達樹が心配そうな顔で見つめていることには、気づいていなかった。

放課後になった途端、ひろは鞄をひっつかんで立ち上がった。教室を飛び出る寸前に、椿《つばき》に呼び止められる。

「ひろちゃん。今日、陶子が部活早上がりやから、一緒に帰らへんてメッセージあった」

ひろは首を横に振った。

「ごめんね。今日は帰らなくちゃ」

そのまま椿に背を向けて、廊下を駆け出した。

「ひろちゃん！」

後ろでひろを呼ぶ声がした。椿だ。けれどひろは、それを聞いていなかった。

——わたしが、やらなくちゃいけない。

いろいろなことが胸の内に渦巻いている。ただ焦っていた。

清花蔵まで戻ってきたとき、はす向かいの蓮見神社が目に入った。

祖母が入院することになってから、一通りの荷物は清花蔵の客間に置かせてもらっている。その中に、明日の体育のジャージがないことを思い出したのだ。

「……取りに行かなくちゃ」

足が重い。神社へは境内の掃除のために毎朝戻っていたけれど、家に入るのは祖母が入院して以来だ。

鍵を差し込む。そんなに日も経っていないはずなのに、知らない人の家みたいだった。

雨戸が閉めきられているから、家の中は薄暗かった。玄関の明かり取りの窓から夕方の、闇を含んだ淡い光が降りている。

明かりをつけるのを忘れたまま台所に鞄を投げ出して、ひろはいつもの畳の部屋へ上がった。

ぼう、と淡い光に照らされた部屋の中は、ただ静かで生き物の気配がない。

――今日ここには、誰も帰ってこない。

突然寂しさが胸をついた。

その瞬間に我慢していたものがあふれた。嗚咽《おえつ》で喉が詰まる。どれだけ歯を食いしばってもだめだった。

ここのところ顔を合わせることが少なくても、はな江とひろは確かに一緒に生活していた。

衣擦れの音とか、呼吸の気配、置き忘れていた鞄や増える洗濯物。台所の菓子鉢はいつもいっぱいに満たされていた。

そういう一つ一つが確かにあった。

でも今はちがう。ここには誰もいない。

祖母が捻挫《ねんざ》で済んだのは、運がよかったからかもしれない。本当はすごくひどい怪我をしていたかもしれなくて……。

入院じゃ済まなかったら。

……祖母が、もう二度とここへ帰ってこなかったら。

「……ぅえ……」

泣いたのはどれくらいぶりだろう。

しっかりしなくちゃいけないのに、こんな子どもみたいに泣いている場合ではないのに。

けれど一度あふれた寂しさは、募るばかりだ。

もう全部がぐちゃぐちゃだった。

かたりと音がして、ひろはぼんやりと顔を上げた。開けっぱなしの玄関に拓己が立っている。ひろはあわてて制服の袖で目元を拭った。

「――椿ちゃんからも陶子ちゃんからも……あとなんや知らんけど、大野からも連絡あった。ひろがおかしいから様子見たってってな」

ひろは今日一日を思い返して、ますますうつむいた。

「学校終わってんのに、こっちに帰ってこうへんし。神社に戻るんやったら、母さんでもええからひと声かけ」

外はもう薄暗くなっている。ずいぶんと長い間、ひろは一人でここにいたようだった。

拓己が畳に上がって、ひろの傍に座った。膝を抱えて小さく丸まっているひろの背を、とん、とあたたかな手が叩く。

押し出されるように、涙があふれた。

それからしばらく、あたたかな手がとん、とんと自分の背を叩いてくれているのを、ひろはずっと感じていた。

日がすっかり沈んだ頃。ひろは明かりをつけた部屋で、両膝を抱えて座り込んでいた。

膝に埋めた顔は明らかに泣いた後とわかる顔で、それで清花蔵に戻ったら大騒ぎだと拓己が言った。

ひろは恥ずかしさと悔しさと、そのほかいろいろな感情で庭に埋まってしまいたかった。

子どもみたいにぐすぐすと泣いてしまったことが恥ずかしい。しかも拓己の目の前で。

耳を澄ませると台所では、拓己が湯を沸かしてくれている音がする。

ことことと湯の沸く音、ふわりと漂うほうじ茶の匂い。棚から出した菓子の袋を開ける、ぱりぱりとした紙の音。人の営みの音だ。

ひろは膝に顔を埋めてじっと聞き入っていた。

畳を踏む音がして、ひろは顔を上げた。

「落ち着いたか？」

急須《きゅうす》と湯飲みが三つ。菓子鉢にはひろの好物である松風が盛ってある。

茶は祖母の好きなほうじ茶だ。両手で湯飲みを抱えて、ひろは息をついた。

拓己が台所に続く障子の隙間に手を突っ込んだ。ずるりと引っ張り出されたのはシロだ。

「台所でうろうろしてたんやけど。何隠れてんのや」

拓己の手に、珍しくおとなしくぶら下がりながら、シロがおずおずとひろを見上げた。

「……大丈夫か、ひろ」

拓己の手からひろの膝にぼとりと落ちると、そのまま器用にするりと肩に這い上がった。

赤い目と鼻で、ひろが泣いたのだとわかったのだろう。

「うん……」

「ひろが泣いているときに、傍にいてやれなかった」

シロの金色の瞳がひろをじっと見つめる。ひろはひやりとするシロのうろこをそっと撫でた。

「でもシロは、東京でわたしが泣いてたとき、助けてくれたよ」

ひろが泣いたのはあのとき以来だ。母とケンカをしてひろが泣きわめいていたとき。シロの与えた水神の加護は、おそらく母からひろを守ろうとして、マンションの部屋を水浸しにした。

幼い頃からその力は時折、ひろを助けてくれる。

拓己がシロの分も茶を入れて、畳の上に差し出した。

「白蛇は何してたんや？」

「……南の方まで行っていた。伏見の水が涸れたのはやはり花薄の仕業だな。九年前と同じだ」

ひろははっと耳を澄ませた。庭からはくみ上げられた井戸水が、小さな池にぽたぽたと落ちる音が聞こえている。まだシロはしばらく大丈夫だ。

拓己が菓子鉢から松風をつまんでかじった。

「とにかく、白蛇はしばらく蓮見神社から離れへん方がええな。うちも内蔵の酒ぐらいやったら、多少はやらんこともない」

「……どうした跡取り、気味が悪いな……」

シロがおののいたように、きゅっと器用に細い体を縮めた。

「阿呆。あの花薄をどうこうできるんは、お前ぐらいやろ。なんとか手ェ考えろ言うてるんや」

「だが貴船はあちらの領分だ。のこのこ行ったところで返り討ちだぞ」

「そもそもなんでお前、そんなに嫌われてるんや。何かしたんとちがうんか」

「知らんな。興味のないことは覚えてない」

シロはあっさりとそう言った。面倒くさそうにふい、とそっぽを向いてしまう。興味のないものには徹底的に情が薄い。

ひろは自分のスマートフォンが震えたのに気がついた。着信は達樹からだ。

先富に『桃源郷』の部屋を見られないか聞いてみてほしいと頼んでいた件だろう。ひろは早口で拓己に説明すると、畳にスマートフォンを置いてスピーカーにして電話に出た。

電話に出た声で、ひろの調子が戻ったのに気がついたのだろう。達樹が電話口で少し笑っていた。

「砂賀も西野《にしの》もえらい心配してたで。放課後、廊下で長いこと話し込んでた。後で連絡しといた方がええんとちがうか」

「うん、そうする……大野くんもありがとう」

ひろは電話の前でますます身を縮める。

「それで先富さんの件やけど、じいちゃんが頼んでくれた。週末の夕方やったらええて。なんかじいちゃんが電話で話した感じやと、先富さんえらい参ってるみたいやて」

拓己が横から口を挟んだ。

「どういうことや、大野」

「うわ清尾先輩……いたはったんですね。なんやこのままやったら、『桃源郷』の部屋が使えへんて言うたはったみたいです。春あたりから客も入れてへんて」

あのとき拓己が気がついたように、あの部屋には春から誰も入っていない。原因は、たぶん花薄だ。

ひろが礼を言うと、達樹が小さく笑って付け加えた。

「ついでにじいちゃんに聞いといた。うちの部屋やったら、空いてるとこどこ入ってくれてもええて。いつでもうちに泊まりに来たらええからな」

ひろがきょとんとしている間に、電話はぷつりと切れてしまった。

ひろの膝の上に降りたシロがしゃあ、と赤い舌を出した。

「やっぱり、かみついておけばよかったな！」

「……今回ばかりは、白蛇に賛成やな」

拓己が腕を組んで眉をひそめていた。

「次の稽古《けいこ》、覚えとけよ」

ぼそりとそんなことをつぶやくものだから、ひろは首をかしげながらも達樹の近い未来を思って、身震いした。


金曜日、授業が終わったひろは椿に呼び止められた。

「ひろちゃん、貴船行くん今日やったっけ」

最近伏見で起きていることの原因が貴船にあるらしいことも、ひろがそれに関わっていることも、ひろは椿と陶子に話せる範囲で説明した。

心配してくれてありがとうと言ったら、椿も陶子も笑ってくれた。

「気ぃつけて」

椿に手を振って、ひろは教室から飛び出した。

今から一度清花蔵に帰って貴船へ向かうとなると、日が沈むギリギリになってしまう。

廊下の角を曲がった途端、誰かとぶつかりそうになって、ひろはたたらを踏んだ。

「わっ、ごめんなさい」

「三岡さん……」

名前を呼ばれてひろは顔を上げた。どこかで見覚えがある顔だ。少し考えて、ひろはあと思い当たった。

結香《ゆか》の吹奏楽部の先輩だ。学園祭の準備のときに、教室でひろと顔を合わせたことがある。あのときの妙に不穏な空気を思い出して、ひろは身を固くした。

鞄を肩に引っかけているから、帰る途中に二年生の教室へ立ち寄るつもりだったのかもしれない。皆瀬美佳《みなせみか》と名乗った彼女は、ぱちりと睫の上がった目でまっすぐにひろを見つめた。

「ちょうどよかった。三岡さんに聞きたいことがあるんよ」

ひろはとっさに結香を探して、そういえば今日は掃除班で、家庭科室の担当だったと思い出す。

おろおろとあたりを見回しているひろに、美佳は苛立《いらだ》ったようだった。

「清尾先輩のことなんやけどさ。こないだ曖昧になってたから、はっきりさせたくて」

ひろはそこで、ようやく美佳をちゃんと見つめた。

一つちがいとは思えない大人びた雰囲気だ。くるりと巻いた濃いブラウンの長い髪、隙なくほどこされたメイク。制服は校則違反にならない程度に着崩している。

ベージュのカーディガンの長い袖からのぞく爪の先が、つやつやと光っていた。

「まどろっこしいの好きやないから、はっきり言うとく。わたし清尾先輩と付き合いたいて思てる」

その瞬間、何かで心臓を突き刺されたみたいだった。

どうして、そんなことをひろに言うのだろう。

「わたし、吹奏楽部でクラリネットやってたんやけど、うちの班の練習場所が武道場やったんよ」

吹奏楽部はそれぞれの楽器で班に分かれ、教室や体育館の端など、空いている場所で練習することになっていた。武道場、と聞いてひろの胸がまた軋《きし》んだ。

去年、武道場で剣道部が練習していたときだ。稽古をしていた剣道部の男子がバランスを崩して、その後ろを歩いていた美佳と衝突した。

体の大きな男子高校生がぶつかってきたのだ。どうすることもできなくて、美佳はそのまま下敷きになるように、床に転んだ。

「それを見てた清尾先輩が、抱えて保健室まで連れていってくれはったん」

念のためと病院まで付き添ってくれて、数日後に自分の指導力不足だからと、菓子折りを持って顧問と家まで謝りに来てくれたそうだ。

「それからずっと、顔見たときは声かけてくれはる。わたしのクラリネットの練習聞いて、上手なったなあ、て言うてくれはるん」

最後は、つぶやくようだった。

「……こんなん、好きにならん方がおかしいやん」

美佳はひろをまっすぐに見つめたまま言った。

「でもわたしだけやないよ。同じ大学に行った先輩方も、運動部の後輩らも……先輩に助けられた人、ほんまにたくさんいてる」

美佳の言葉は、どこか必死だった。黒い瞳の奥にぐるぐると感情が渦巻いている。

「大学かて、先輩のこと好きや言う人がいるかもしれへん。先輩は優しいから……」

そんなこと、ひろだってよく知っている。

「清尾先輩が優しいのは、あんただけにやない。……それだけ言うとこうと思て」

美佳はさっさときびすを返して、走るように廊下の角を曲がっていった。

嵐が吹き去っていったようで、ひろはしばらく廊下の隅《すみ》でぼんやりと立ちすくんでいた。

拓己の手はいつだってひろに差し伸べられていた。それと同時に、ほかの誰かにも。

椿が言っていたことが、ふいに胸をよぎった。

――それは、女の子にはちょっと残酷やわ。

拓己にとって、ひろもほかの誰かも同じ『平等』の中の一人だ。

そんなこと……わかっている。

それと同時に気がついたこともある。

美佳の黒い瞳の奥にはらむ、どろどろとした感情の渦は、花薄のそれとよく似ている。

九年前も今も、そしてたぶんもっと昔から、どうして花薄がシロを厭《いと》うのか。その理由が、ひろにはわかった気がした。

3

貴船は、少しばかり日が落ちるのが早い気がする。

夕方頃になると雲がゆっくりと動き出し、薄藍の空に一つ二つ星が輝き始めた。最近ではきれいに晴れるのは珍しいらしいと、バスに乗り合わせた観光客が言っていた。この時間でも観光客が多いのは、貴船神社で紅葉のライトアップをやっているからだ。

ほんの一週間前より、紅葉はぐっと鮮やかになっている。

淡い橙色から朱色へ。この季節は目を離すとすぐに自然の様相も変わってしまう。

「終わったら、ゆっくり紅葉も見たいな……」

薄闇に灯籠《とうろう》が淡く灯っている。足元にはらりと舞う朱色の葉が、深まる秋を感じさせた。

旅館『先富』の主人、三吾は、ひろと拓己の顔を見るなり、苦虫をかみつぶしたような顔をした。

「……あんたさんら、おおの屋の社長さんの知り合いやったんですな」

ひろと拓己はそろって頭を下げた。拓己が言い添えてくれる。

「社長さんのお孫さんがこの子と同級生で、以前お世話になったことがあったんです」

「無茶を言ってすみません……」

ひろがそう言うと、三吾はなんとも言えない顔でふい、とよそを向いた。

「おおの屋の社長さんには、うちもずいぶん世話なってますさかい、お願いされたら無下にはできへん。……こんな子どもさんらに、何ができはるんか知らんけど」

最後は自分に言い聞かせるようだった。

ひろは思い切って顔を上げた。

「先富さんも、『桃源郷』の部屋が使えないと困るはずです」

三吾の顔色がさっと変わった。

「……なんで『桃源郷』やて。ああ、社長さんかお孫さんに何や聞かはったんですか」

ひろは一生懸命背筋を伸ばして、三吾の顔を見上げた。

「先富さんの困り事を、解決できるかもしれません。わたしも蓮見神社の子です」

三吾はむっつりと口をつぐんだまま、ひろと拓己を先へ促した。

離れまでは渡り廊下を通り、備えつけられている靴を使って一度外を歩くことになる。丁寧に整えられた石段を上がりながら、ひろは眼下に広がる貴船川を見下ろした。

水量の多い川の左右を、朱色や橙、深い茶色の葉が覆い隠すように伸びている。貴船川に沿うように橙色の灯籠が、ぽつりぽつりと灯っているのが見えた。

「ここが『清流』か」

拓己が離れへ続く小さな案内板を指した。

貴船川に一番近く、清流の音が一番はっきりと聞こえる離れだ。

あふれるような緑と橙色の自然の中で、それはどれほど美しいのだろう。

風が葉を吹き抜ける、さやさやとした音。枯れた葉が枝に当たって落ちる、からりとした音。どれもがささやかな音色だけれど、貴船川の水音に負けないほどはっきりと美しかった。

ふらふらと引き寄せられるように近づいていくひろを見て、三吾がぴしゃりと言った。

「そこは今日、お客さんがいたはります」

ひろははっと我に返った。離れの入り口に小さな木の札がかけてあって、宿泊客の名前が記されていた。

あわてて三吾と拓己のもとへ駆け戻る。

「すみません……どれくらいきれいなんだろうって思ったら……」

三吾が肩をすくめた。

「気にならはるんやったら、どうぞうちに泊まりに来てください」

ひろはホームページに記載された宿泊料を思い出して、ひっと身を縮めた。

『桃源郷』は、ほかの三つの離れよりもやや高い場所にある分、少しこぢんまりとしていた。

入り口までの石畳の左右には、朱色に染まった紅葉と、淡い橙色の葉がからからと落ちる桜。

前庭には、季節に合わせて花が植え替えられるようになっているのだろう。今は敷き詰められた砂利だけなのが、どこか寂しい。

三吾が離れの戸を開ける。その瞬間に気味が悪そうに、顔をゆがめたのがわかった。

その理由はひろにもすぐにわかった。

「うわ……」

拓己が思わず、といった風に隣でつぶやいた。

部屋の中に人の気配がある。半年以上客を入れていないはずの部屋だ。

ひろもその違和感に身震いした。

広い玄関の棚の一輪指しには、瑞々《みずみず》しい菊の花が飾られている。小さな布の上にすぐ傍から拾ってきたのだろう、紅葉の葉がそっと添えられていた。

まるでいつか訪ねてくる誰かを、丁寧に出迎えるための設《しつら》えのようだった。

「……どうぞ」

三吾はひろと拓己を促したが、自分は玄関から靴も脱ごうとしなかった。気味が悪そうに背を丸めている。ひろは靴を脱いで上がると、松の木と貴船の川が描かれたふすまを引き開けた。

ふすまの向こうに八畳が二間続いていた。そのさらに向こうは丸窓のついた雪見障子だ。かすかに残った夕暮れの光を透かしている。

ホームページの写真では、その先に縁側があって、庭が続いていたはずだった。

床の間にはまた菊の一輪指し。えんじ色の座布団が丁寧に部屋の隅に積まれていた。

「……また雨戸、開いとる」

弱々しい三吾の声がした。

ひろは最初の八畳間の畳に足を下ろした。ぎしり、とほどよい弾力が足に馴染む。い草の濃厚な香りがぶわりと漂った。

玄関先で拓己が電気をつける。天井に灯った灯《あかり》は、部屋の雰囲気を邪魔しない程度に、橙色であたたかい雰囲気だった。拓己が思わずつぶやいたのが聞こえた。

「ええお部屋ですね」

「巷《ちまた》のえらいホテルさんに比べたら、たいしたことあらしません。せやけど、うちに来るお客様は、みなさんこういうのを楽しみに来られるんです」

暗がりになった玄関で、三吾がぼそりとつぶやく。

ひろが雪見障子を開けた途端、風が吹き込んだ。

視界が一気に開けた。

最初に目に飛び込んだのは、山の端がじわりと薄紫ににじんでいる光景だった。夕日が山の陰に隠れて、貴船に夜が訪れようとしている。

あちこちで照らされる橙色の灯籠と、夕暮れの紫紺《しこん》があちこちで混じり合っていた。

山々からは冬の冷たい風と共に、夜闇がひたひたと忍び寄ってくる。

その光景を借りた庭は、ごく質素に、けれど美しく整えられていた。

縁側のすぐ左には大きな石と松が。縁側から石段が伸びていて、その左右には細い桃と桜が身を寄せ合うように植えられている。その先には池と鹿威《ししおど》し、すぐ傍に細い紅葉の木があって、朱色の葉を数枚池に散らしていた。

風に混じって濃い水の匂いがする。川が流れる音がどこかで聞こえていた。

ひろはぽかんと口を開けたまま、その庭に見入っていた。

圧倒的な自然が押し寄せてくる。目も耳も体中全部が押し包まれるようだ。

この世のものではない美しい場所を桃源郷というそうだ。

「……さすがやな」

隣で圧倒されたように拓己がつぶやいていた。

ひろははっと目を見開いた。

「拓己くん、あれ……!」

縁側から庭に飛び降りようとしたひろの肩を、拓己がつかんだ。

「ひろ、裸足《はだし》や」

「池、池を見て」

ひろはもどかしそうに、池を指した。拓己が眉を寄せる。

「……蓮か?」

池からは蓮の茎がひょろりと突き出ていた。小さな葉が三枚ほど開いている。

蓮は夏の花だ。季節感を大切に整えているこの庭に、十一月に植えられるとは思えない。

それにあの蓮には見覚えがある。

「あれ、たぶん志摩さんちの蓮じゃないかな」

「なくなったて言うたはったやつか。なんでここに」

拓己がそうつぶやいたときだった。

ひ、と後ろで引きつったような声が聞こえた。

「……蓮なんか、こんな時季に池に入れません……また庭が変わりよる」

三吾がまだ玄関で膝をついている。すっかり消沈してしまっているようだった。

かたくなに部屋に入りたがらない三吾のために、ひろと拓己は玄関に戻った。部屋に比べれば手狭な玄関に、二人そろって膝をつく。

三吾が顔を上げてひろを見やった。

「よかったら、何があったか聞かせてもらえませんか」

三吾はしばらくためらっていたが、やがてぽつりと口を開いた。

「……半年ぐらい前の、春先やろか。お客さんから苦情が入ったんです」

真夜中に本館へやってきたその客は、帳場にいた三吾に血相を変えて訴えたそうだ。

——夜になると歌声が聞こえる。気味が悪い。

同じような話がしばらく続き、三吾は番頭と二人で一晩『桃源郷』の部屋で過ごしてみることにした。

「そうしたら、気味悪い歌が確かに聞こえるんです。どこからかはわからへんけど……たぶん庭やと思うて番頭は言うとりました」

おかしいのはそれだけではなかった。

「松の位置がおかしいて気づいたのは番頭です。その朝やったやろか。もともと庭の南側にあった松の木が、いつの間にか縁側に寄せられとるて……」

桃源郷の庭は南向きに造られている。朝日も夕日も楽しめるようにという意図だ。夕日をうつすために池は庭の西へ、その横に松を添えたはずだった。

「それで松のすぐ横に大きい岩がありますやろ。あんなんも前まであらへんかった。そしたら今度は池が南に寄せられとって……そんな大規模な造園工事でもあるまいし。一晩一晩の内に、庭が変わっていくんです」

ひろは口元に手をあててつぶやいた。

「池は南に、松は北に……」

「なんやそれ」

「歌だよ。ほら……月かげゆかしくは、南面に池を掘れ……って」

花薄がずっと歌い続けていたものだ。

美しい庭を造るための言葉遊びだとシロは言った。けれどその通りに、『桃源郷』の庭は造り替えられている。

三吾は深くため息をついた。

「どうも得体の知れへんものがこの部屋にいてるらしい。それでお祓《はら》いも頼んでみたんやけど……神主さんともども、えらい風で部屋から放り出されてしもてね」

それ以来、三吾も番頭もすっかり参ってしまった。部屋は相変わらず人の気配だけが色濃く残り、夜になると歌が聞こえる。

「お客さんなんか入れられへん。せやけど、そんなことよそさんにも言われへん。妙な噂《うわさ》になって、残りの部屋までキャンセルされたらかなんて……」

三吾は深くため息をついた。

先富の客のほとんどは、京都の料亭や茶席、常連客からの紹介だ。狭く濃い世界では、噂はすぐに回ってしまう。

「……おおの屋の社長さんは、祇園祭のときに蓮見さんとこの子に世話んなったて言うたはりました。あの人らも、早々に何があったか話したりはしはりません……せやけど、困ってるんやったら、いっぺん話してみたらええて……」

ひろは目を丸くした。

達樹の祖父がそんな風に言ってくれていたと、初めて知ったのだ。だから三吾はひろと拓己の申し出を受け入れて、部屋を見せてくれた。

そんな場合でもないのに、なんだかじわりと心があたたかい。わずかでもひろが積み重ねたものが、誰かの信頼を得たのだと思えたから。

「なんとかならへんやろか。この部屋は常連さんが多いんです。毎年お誕生日を過ごしたいとか、年に一回の楽しみとか……何より――」

三吾の目はずっと先の、庭の向こうを見つめている。

先富がこの地に宿を開いたのは、明治時代も終わり頃。三吾が六代目の主《あるじ》ということになる。美しい庭は創業の頃からずっと守り伝えてきたものだ。

「――きれいでしょう、このお庭は。世の中苦しいことばっかりかもしれへんけど……お庭を見るだけで何もかもがいっぺんに忘れられる。まさに桃源郷や。わたしもこの庭が好きなんです」

ひろはうなずいた。

本当に美しい場所だと思った。圧倒的な自然に勝るものは結局何もないのだと思わせるぐらいだった。

「……だからきっと彼女も気に入ったんです」

三吾が眉を寄せた。

「彼女？」

「……一晩、ここを貸してくれませんか？」

ひろの申し出に、三吾が目を丸くした。

「ここで会って話したい人がいます……解決できるかはわからないんですけど、でも……お庭を返してもらえるように、頑張ってみます」

肩を叩かれて、ひろは振り返った。拓己が心なしか青い顔をしている。

「ひろ、話に口を挟んで申し訳ないんやけど……おれ払えへんで、ここの部屋代」

ひろははっと我に返った。顔からざっと血の気が引いていく。この部屋はそのあたりのホテルのスイートルームが裸足で逃げ出すぐらいの価格だったことを、思い出したのだ。

ひえ、と喉から悲鳴が零れ落ちた。

「どうしよう拓己くん、お金ない……」

「いくらなんでも無理や……おれら学生や、そんな都合つかへん」

突然あわてだした二人を見て、三吾が肩を震わせて笑った。

「お代はかまへん。どうせひと様には貸されへんお部屋や。明日まで、好きに使《つこ》てください」

ひろと拓己はそろって深く頭を下げた。


月が昇る。

空気が澄んでいるからだろうか。いつもより輪郭が鋭利に見える。冷たく冴《さ》え冴《ざ》えとした月の光は、花薄の瞳を思い起こさせた。

雪見障子の前で、ぼんやりとその光景を眺めていたひろは、畳を踏む音で振り返った。

食事までいただいたひろと拓己は、本館の大浴場で風呂を借りた。部屋で入ればいいのにと言ったひろに、断固として拓己が首を縦に振らなかったからだ。

『桃源郷』に戻るなり、震えだしたスマートフォンを握って拓己が部屋の外へ出て行った。戻ってきた拓己は、どこかぐったりと疲れているように見えた。

「大変やった……」

電話は、実里から話を聞いた正だったそうだ。

先富のご厚意で部屋を貸してくれるということと、ひろと一晩泊まるということをやんわりと説明したと拓己は言った。

「……なんとか丸め込んだけど、何かあったらはな江さんの前で、土下座させるからて、父さんに言われたわ」

「何かって……」

ああ、とひろは今更思い当たってはっとした。祖母のようにひどい怪我を負ってしまうかもしれない。そういうことを拓己は心配してくれているのだろうと思う。

同時に、そうなるようなことに巻き込んでしまって、申し訳ないと思う気持ちがわいた。

「……巻き込んでごめんなさい。拓己くんが怪我しちゃったら、わたしが実里さんと正さんに土下座しなくちゃ……」

「いや、おれが怪我するぐらいやったらむしろええんやけどな……まあええわ」

拓己が微妙な顔でため息をついた。

「それでひろ、花薄と話して、どうにかなるんか？」

「わからないけど……でも、あの池に蓮が植えてあったのを見て、やっぱりって思った」

拓己が首をかしげた。

九年前の断水の夏と、昔からずっと続くシロと花薄の衝突。造り替えられた『桃源郷』の庭。誰かを待っているような部屋の設え。

志摩のところから奪われた、巨椋池の蓮。

何より、花薄のあのぐるぐると感情が渦を巻く金色の瞳が答えだ。

「花薄がどうしたいのか、わたしたぶん、わかったんだ」

ひろはすっかり夜闇に沈んだ貴船の山をじっと見つめていた。

そのあとぽつぽつとたわいもない話をいくつかしている間に、鋭利な月は空高くまで上がっていた。

ひろはふと拓己に問うた。

「拓己くん、うちの学校の吹奏楽部の先輩が、拓己くんのこと知ってるんだって」

拓己が何かを思い出すように、首をかしげた。

「武道場でよく練習しててクラリネットやってるんだって。剣道部の人とぶつかって、怪我したのを助けてもらったって言ってたよ」

ああ、と拓己がぱっと顔を上げてうなずいた。

「うん、わかるわ。いつも熱心に練習してる子やったと思うけど。それがどうしたん？」

「……ううん。拓己くんが優しかったって言ってくれたから」

ひろは、ふいと視線を庭に戻した。ごまかすように手元の湯飲みから茶を一口すすった。

拓己がさっき淹《い》れてくれた茶は、すっかり冷めている。部屋に備えつけのとてもいい茶葉だったはずだが、さっぱり味がしなかった。

拓己の口調はずいぶんあっさりとしていた。

「優しいいうか、うちの部員が怪我させたんやし当然やろ」

ひろは思わず手のひらを握りしめた。

そういう調子で、きっとたくさんの人に手を差し伸べてきたのだろう。それが拓己にとって当たり前だから。

ひろは初めて、拓己の優しさに苛立ちを覚えた。

倒れた自分を助けてくれたその手に、焦《こ》がれてやまないほど恋をしている子がいると、拓己は知っているのだろうか。

そういう子が何人もいて、一人一人がきっと一生懸命だ。

かつてその隣に立った子もいて。拓己はその人たちみんなに——そうしてひろにも平等に優しい。

ひろはぐっと唇をかみしめた。

拓己の優しさは残酷だ。

誰にでも優しいということは、誰も特別ではないということだから。

こんな自分の身勝手な感情が、ひどく醜《みにく》く思える。

拓己でもシロでもなく。無性に花薄と話してみたいと思った。

歌が聞こえた。ひろは雪見障子をそっと引き開けた。その先の縁側にいつの間にか花薄が腰掛けている。

十一月の夜中の貴船は、凍えるように寒い冬の空気だった。

銀糸を織り込んだ花薄の振り袖が、艶やかに縁側に広がっている。

小さな高杯《たかつき》にうさぎの形をした干菓子が六つ。赤い膳《ぜん》の上には、素焼きの壺《つぼ》に収められた酒と、盃が二つ置いてあった。

花薄が首だけこちらを振り返った。月の光を受けた銀色の髪がさらりと揺れる。重さのない光の束のようだ。

「美しい庭だろう」

ひろはうなずいた。

「うん。本当に桃源郷みたい」

「……どうしてここにいるのが、お前たちなのだ」

ひろの傍で黙っていた拓己が、口を開いた。

「うちの水、返してくれへんやろか」

ひろが膝をつく横で、じっと花薄を警戒している。拓己の手のひらはひろの肩に乗っていて、たぶん何かあったときに備えてくれているのだと思った。

「白蛇に恨みがあるいうんやったら──」

ひろは、拓己のジャケットの袖をつかんだ。

「ちがうんだよ、拓己くん」

でもきっとこれは拓己にはわからない。シロにもだ。

恨んでいるとか憎んでいるとか、そういうことではないのだ。

ひろは花薄を見つめた。

「──シロに、ここに来てほしかったんだよね」

たぶん、最初はただそれだけだった。

花薄の唇が、一度震えた気がした。

──われを頼めて来ぬ男　角三つ生ひたる鬼になれ　さて人に疎まれよ　霜雪霰《あられ》降る
水田の鳥となれ　さて足冷たかれ　池の浮き草となりねかし　と揺りかう揺り揺られ歩け

言葉は難しいけれど、何を歌っているのかはわかる。

「……貴船は、女が人形《ひとがた》に釘を打って鬼になる地だ。幾度も幾度も、女たちの嘆きを聞いた。そのたびに心を引き裂かれるようだった」

花薄が空を見上げた。

丸い月が浮かんでいる。今夜は満月だ。

「わたしにこの名をくれたのは指月だ」


ずっと昔、京都がまだ都と呼ばれていた頃に、彼女は指月と出会った。

都のずっと南に、目を見張るほど大きな池がある。指月はその池の龍神で、注ぐ川すべての主だった。

彼女は貴船に棲む雨と風とを司るものだった。彼女の風が呼ぶ雨は川に注いで、指月を潤した。

その頃、都には歌があふれていた。指月も彼女も都を思いのままに荒らしながら、人の歌うその歌に耳を傾けた。

彼女は特に熱心だった。理由はない。ただずっと昔から歌は常に彼女たちの傍にあった。雨を乞うとき、実りを乞うとき、誰かの幸せを言祝《ことほ》ぐとき。人はいつも歌っていたから。

――風になびくもの　松の梢《こずえ》の高き枝　竹の梢とか　海に帆かけて走る船　空には浮雲　野辺《のべ》には花薄――

それが、彼女の一番最初に覚えた歌だ。

風に揺れるものを集めた、ものづくしと呼ばれる言葉遊びの歌だ。人は面白いことを考える。心地の良い抑揚も短い中に詰め込まれた美しい景色の数々も、彼女は好きだった。何かの折にその歌を指月の前で歌った。その夜も、触れたら切れてしまいそうな鋭利な月が空に昇っていた。

その歌を聞いた指月は、目を細めてやがてつぶやいた。

「――いい声だ。お前の風が揺らすものは美しいものな」

そのとき、彼女は知ったのだ。

そうか。

これが心を震わせるということか。

人は面白い感情を持っている。どうやらしょっちゅうそれに左右されていて、ときには争い、そしてときには一人では得られない幸せを得るものらしい。

そうか、これか。

彼女はその日から『花薄』と名乗ることにした。

欲しいものがあれば相手の意を問わずに手に入れるのが、シロや花薄たちのやり方だ。

南を捨てて貴船へ来い。ここはいつでも豊かだ。

花薄はシロへ手を伸ばし続けた。

「……だから九年前も伏見を涸らしたんだ。棲むところがなくなったシロが、貴船へ来ればいいと思ったんだよね」

貴船ばかりが豊かだったあの夏、神社の水がなければシロはどうなっていたのだろう。

「――だから今、伏見を涸らしているのもお前か、花薄」

低い声がして、ひろと拓己は同時に振り返った。畳の上に小さな白蛇がいた。

花薄が音もなく立ち上がった。風が動いたようだった。

「そんな無様な姿をさらし続けていることはない」

花薄がふわりと振り袖を振った。

風が吹いて一瞬のうちに雨になった。南天には煌々《こうこう》と満月が輝いたまま。宝石を砕いたような雨粒が、月の光にきらきらと輝く。

まさにこの世のものとは思えない光景だった。

ひろが瞬《まばた》きをするその一瞬の間に、シロは人の姿に変わっていた。自分の姿を見下ろして低く舌打ちする。

「貴船はどこより豊かだ。大池を失って、お前はただ哀れで小さな蛇になった。清流と同じ色の髪も、月と同じ輝く瞳も見る影もない――だからわたしが」

花薄の声は最後、喉の奥から絞り出すようにか細かった。

シロは花薄を、今日の月に似た鋭利な瞳で睥睨《へいげい》した。

「そんなことは、どうでもいい。お前がくだらないことをするせいで、ひろが泣いたんだ」

花薄の金色の瞳が内から燃え上がるように熱を持った。シロの傍で立ち尽くしているひろを睨みつける。

それは人間と何一つ変わらない、揺れ動く恋心の表れだ。

「お前に名をつけたというこの女か？　お前から洛南《らくなん》の美しい月の名を奪って、代わりに安い名をつけた――」

シロはにべもなかった。

「ひろにもらった名だ。それ以外、おれは何もいらない」

花薄が息を詰めた。

突風が部屋の中を吹き荒れた。足元をすくわれて、ひろがたたらを踏む。

「うわ……！」

あわてた拓己の手がひろの腕をつかんだ。腕に抱え込まれて、別の意味で息が止まった。

「ひろ!」

シロが片腕を振る。

桃源郷の庭から水が跳ね上がった。風が一瞬吹き止んで、すぐに花薄の声が聞こえた。

「ここは貴船、わたしの場所だ」

ふ、とシロの姿がかき消えた。

「雨が……」

拓己の呆然《ぼうぜん》とした声が聞こえて、ひろはあわてて拓己の腕の中から顔を上げた。畳の上で白蛇に戻ったシロが、凍えるような金色の瞳を花薄に向けている。

「お前の美しさはわたしだけが取り戻せる」

花薄の白い指先が、震えるように握りしめられた。

「伏見にもうお前の場所はない。すべて埋められてしまったのだろう? ここですべてを忘れて、美しかったあの頃を取り戻そう、指月。——ここをお前の場所にすればいい」

誰かを迎えるために設えられた部屋も、美しく整えられた庭もすべてこのためだ。南に誂《あつら》えた池は蓮を抱き、輝く月をうつす。あれはきっとかつての大池のつもりだったのだ。

花薄はここでシロと暮らすつもりだった。豊かな水と自然で埋め尽くされたこの貴船の地で。

恋は自分勝手だ。人も神様もちっとも変わらない。

――先に気がついたものばかりが、つらく苦しい思いをする。

花薄も――たぶんひろ自身も。

けれど花薄の気持ちを、汲《く》んでやるわけにはいかなかった。

ひろはシロの小さな体をかき抱いた。

「……ごめんなさい。シロはだめ」

ひろはまっすぐ花薄を見つめた。

シロがひろのことを大切にしてくれるのは、シロがかつて失ったもの全部の代わりにしているからだ。それはとても寂しくて切ない。

けれどこの寂しい神様は、最近ようやく失ったものを取り戻しつつある。

本当は全部なくなってなんかいないのだと、それを一緒に見つけていくのが、ひろの役目だ。

ひろはシロの友だちだ。大切な友だちの全部を奪う人に、渡すわけにはいかない。

「うるさい！　うるさい……！」

花薄の声が響き渡る。

どう、と山が震える。風が木々を揺らし吹き渡ってくるのが見える。嵐の予感がした。

ひろは胸の中にシロをぎゅう、と抱いた。

「ひろ、放せ」

「いや」

きっぱりとそう言って、吹き荒れる風に目を瞑った途端。

さわりと、ささやかな風がひろの頬を撫でた。

おそるおそる目を開けると、そこには小さな白い蛇がいた。思わず腕の中を見下ろして、シロがそこにいるのをしっかりと確かめる。

「……花薄？」

腕の中で、シロがため息をついた。

「言っただろう。おれたちは元の場所に依るんだ。九年前と同じ、南を涸らし続けるなんて長く持つわけがない」

花薄がその金色の瞳から、ぽたりと涙をこぼした。

「……人が祝言をあげるのを、何度も見た」

あれほど荒れていた風は鳴りを潜《ひそ》め、ただ月だけが山を照らし続けている。

「あれはずっと共にいるという誓いなのだろう。だからわたしも用意したんだ……」

菓子と酒と盃と。そしてたくさんの神たちが祝いに訪れた。

どうしても欲しかった。

ただ一度、自分の歌を褒めてくれたその人がどうしても欲しかった。自分にはそれだけしかないと、ずっと思っていた。

シロはするりとひろの腕から降りた。

「花薄」

ぽつりと一つこぼす。

「おれも、たった一つだけが欲しかったよ。ひろだけがいればよかった」

シロがちらりとひろの方を振り仰ぐ。

池に浮かぶ蓮の葉も、広大な美しい南の池も、それにうつる都で一番美しい月も、かつてシロが失ったものだった。

「だが、面白いことも美しいことも、どうやらもっとたくさんあるらしい」

シロは笑ったようだった。

吹き渡ってきた強い風に、ひろは目を閉じた。開ければきっともう花薄はいなくなっている。

ひろはシロがつぶやくのを聞いた。

「……お前の歌は悪くない。――おとなしく貴船で歌っていろ。そうすれば――」

最後、シロが何を言ったのかひろには聞こえなかった。

名残のようにそよ風だけが残された『桃源郷』の庭からは、貴船の山奥に遠ざかる小さな声が、しばらく聞こえていた。

4

清花蔵に戻ってきたひろと拓己を、腕を組んで待ち構えていたのは正だった。きょとんとするひろが客間に戻った後も、拓己と正はずいぶん長い間、話をしていたらしかった。

着替えて食事の間の縁側でひろが待っていると、拓己がため息をつきながら盆を携《たずさ》えて戻ってきた。

「……とりあえず、はな江さんに土下座する必要がないことを説明してきた」

ひろははっと顔を上げた。

頭を下げなければならないのは、ひろの方だ。結局最後まで巻き込んでしまった。

「わたしが正さんに謝らないと。拓己くんを一晩借りましたって」

「いらん誤解を生むからやめてくれ」

真顔でそう言った拓己は、縁側の上にあたたかな煎茶《せんちゃ》の急須と、ほかほかにあたためたそばまんじゅうの皿を置いた。

空の色は、柔らかな冬の茜《あかね》色だ。そろそろ縁側でおやつを食べるのもギリギリの季節になってきた。

拓己がほかほかのまんじゅうを二つに割って、片方を頬張った。

「蔵の水も出るようんなったし、大丈夫そうやな」

ひろはうなずいた。

「おばあちゃんも、明日には戻ってくるって」

「そうか……よかったな」

明日の休みは祖母を迎えに行って、ことの顛末《てんまつ》を話さなくてはいけない。蓮見神社に祖母と戻ることができるのが、何よりほっとした。

ひろの膝の上でシロがごそりと身を起こす。じっとまんじゅうを見つめているのは、たぶん冷めるのを待っているのだ。

「だいぶ暴れたからな、花薄もまたしばらくは静かだろう」

そのしばらく、というのがどれくらいなのかひろたちにはわからない。何年なのか、何十年なのか。彼らの時間はひろたちよりずっと長いから。

拓己がじろりとシロを見やった。

「そこどいたらどうや、白蛇。お前もうひろのことだけやなくてええて言うたやろ」

「それとこれとは別だ。ひろはひろで、必要だ」

すり、と擦りつけるようにシロはひろの手のひらにすり寄った。

「――ただ、一つきりではないと知っただけだ」

最後、花薄にシロが何を言ったのかはひろにもわからない。けれど、この後しばらくしてシロは時々貴船に出かけるようになった。

美しいものも面白いものも、全部この小さな神様の中に降り積もっていけばいい。

でもそうしたら、少し寂しくなるのだろうか。

ぎゃあぎゃあと言い合う一人と一匹を眺めながら、ひろは一つため息をついた。

これに気がついたとき、もっと自分は取り乱すものだと思っていた。

けれど、心はずっと冷静に凪《な》いでいる。

誰もが優しさを独り占めしたがっている。ひどく自分勝手だ。

わたしは、拓己くんのことを独り占めしたい。この優しさがわたしにだけ向いてくれればいいのに。

「――ひろ、残りのやつはひろが食べや」

拓己が笑いかけてくれるのが、嬉しくてたまらない。

縁側でこうやって隣同士座っていることが、どれほど特別なことか。ようやくひろは自覚した。

誰かに守られ続けていたこの穏やかなひろの桃源郷は、きっともう終わりだ。気がついてしまった。

いつか陶子が言ったように、勝ち取るために戦わなくてはいけない。

「ありがとう、拓己くん」

罪深いほど自分勝手なこの感情を、恋と呼ぶのだと――もうひろは知っている。

参考文献

『梁塵秘抄』（２０１４）植木朝子編訳（筑摩書房）
『新訂　梁塵秘抄　復刻版』佐佐木信綱　校訂（響林社）
『図説　和菓子の歴史』（２０１７）青木直己（筑摩書房）
『和菓子の意匠　京だより』（２０１０）井上由里子　井上隆雄（京都新聞出版センター）

※この作品はフィクションです。実在の人物・団体・事件などにはいっさい関係ありません。

集英社オレンジ文庫をお買い上げいただき、ありがとうございます。
ご意見・ご感想をお待ちしております。

● あて先
〒101-8050　東京都千代田区一ツ橋2-5-10
集英社オレンジ文庫編集部 気付
相川　真先生

京都伏見は水神さまのいたはるところ
ゆれる想いに桃源郷の月は満ちて

集英社
オレンジ文庫

2020年1月22日　第1刷発行
2020年7月21日　第2刷発行

著　者　相川　真
発行者　北畠輝幸
発行所　株式会社集英社
〒101-8050東京都千代田区一ツ橋2-5-10
電話【編集部】03-3230-6352
【読者係】03-3230-6080
【販売部】03-3230-6393（書店専用）
印刷所　凸版印刷株式会社

※定価はカバーに表示してあります

ISBN 978-4-08-680300-7 C0193

集英社オレンジ文庫

神戸遥真

きみは友だちなんかじゃない

高1の凛はバイト先の大学生・岩倉祐に
ついに告白！　でも目の前には
同じ学校の不良男子・岩倉大悟が!?
告白相手を間違えたと言えないまま
バイト先と学校で交流が始まると、
大悟の意外な素顔が見えてきて…？